U0523150

KEY·可以文化

艾伟作品系列

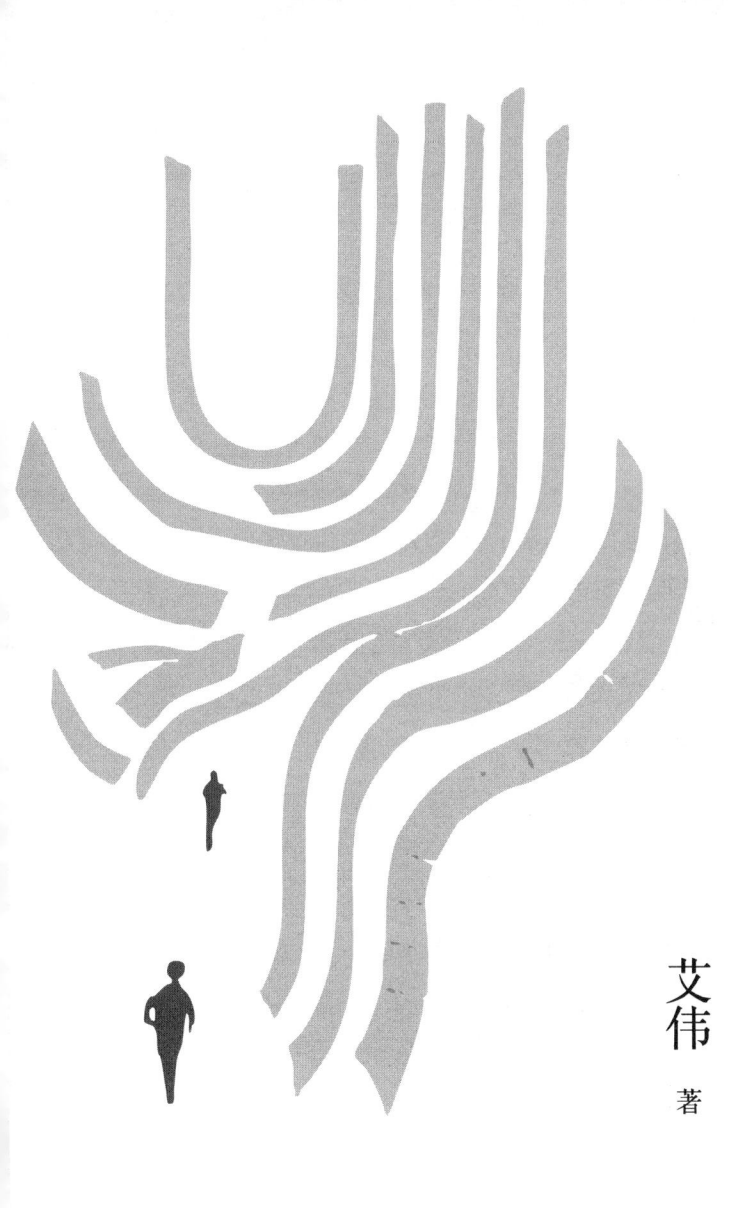

少年杨淇佩着刀

艾伟 著

浙江文艺出版社

图书在版编目（CIP）数据

少年杨淇佩着刀 / 艾伟著. — 杭州：浙江文艺出版社，2025.3. — ISBN 978-7-5339-7832-7

Ⅰ．I247.7

中国国家版本馆 CIP 数据核字第 2025JK4454 号

策划统筹	曹元勇
责任编辑	顾楚怡
营销编辑	耿德加　胡凤凡
责任印制	吴春娟
装帧设计	金　泉
数字编辑	姜梦冉　诸婧琦

少年杨淇佩着刀
艾伟 著

出版发行	浙江文艺出版社
地　　址	杭州市环城北路 177 号
邮　　编	310003
电　　话	0571-85176953（总编办）
	0571-85152727（市场部）
印　　刷	浙江新华数码印务有限公司
开　　本	880 毫米 × 1230 毫米 1/32
字　　数	180 千字
印　　张	9.25
插　　页	1
版　　次	2025 年 3 月第 1 版
印　　次	2025 年 3 月第 1 次印刷
书　　号	ISBN 978-7-5339-7832-7
定　　价	56.00 元

版权所有　侵权必究

目 录

少年杨淇佩着刀
001

乡村电影
033

穿过长长的走廊
049

水 鬼
099

蛇 精
117

报 复
131

水上的声音

149

走四方

165

小姐们

189

日伪时期的擂台赛

253

致　谢

283

少年杨淇佩着刀

初夏时节，南方的天空碧蓝如洗，阳光飘浮在古老的梧桐、垣墙和光滑的石板路上，使得一切变得陌生而新鲜。梅雨季节留下的潮湿和霉气已经隐去，一阵风吹来，能感觉到将要来临的漫长而炎热的夏天。

随着人们衣衫的日渐减少，少年杨淇变得烦躁不安。这是冬天以来他暗暗制定的计划实施的日子近在眼前的缘故。冬天的时候，杨淇在自由市场买了一把匕首。匕首虽然简陋，但锋利无比，插在一个牛皮缝制的套子里。整整一个冬天，匕首便佩在他穿着的那种南方乡村常见的笨重的棉袄里面。他决定在夏天来临的时候，将匕首最终展露在衣服外面。杨淇认为那样就不会有人敢欺侮他了。

杨淇是乡村中学一个内向而孤独的孩子。他们的中学设在一个远离村庄的风景秀丽的山谷里面，孩子们都要住宿。杨淇没有朋友，在寝室里也是落落寡合。在乡村中学的孩子们中间，暗地里存在着许多派别，他们相互较劲，还欺侮弱者。瘦弱而孤单的杨淇就是他们的目标之一。他们常常围成一圈，随心所欲地嘲笑、谩骂甚至殴打杨淇。到了晚上，杨淇开始报复他们。他把所有的仇恨都发泄到那些打他的孩子家的粪缸上。在南方乡村，农民们往往把粪缸半埋在路边，再搭一个棚，就成了一座茅坑，很容易破坏。杨淇总在夜深人静的时候，拿一把铁锤，把茅坑砸得粉碎，直到粪便横流，沾染了他的双脚。久而久之，杨淇变得喜欢黑夜，害怕白天的来临。

"如果他们再敢打我，我就用刀子对付他们。"这是冬天以来萦绕在杨淇心头的唯一的念头。

杨淇发现已经有人穿起了夏装。乡村中学的男孩穿起了衬衫，女孩子穿起了过时的衣裙。特别是那个叫红的女孩，由于发育迅速，去年的衣裙显得太小了，使她肥大的臀部和丰满的胸脯曲线毕露。杨淇还发现，红的长发上系了一个黄色的蝴蝶结。在清晨的光线中，黄色的蝴蝶结和红放肆的笑声弥散在空气中，让她有一股风骚劲儿。她从不理睬杨淇。女孩子们都不理睬杨淇。她们喜欢和那些到处欺侮别人的男孩玩。想起这些，杨淇的心中涌出一种叫仇恨的情感。

"明天，明天我一定要把刀子佩在衬衫外面。"杨淇赌气似的对自己说，"这样他们就不敢欺侮我了。"

连续三个晴天后,天气一下子闷热起来,乡村中学内的植物显得蓬勃而茂盛,原本细嫩的枝叶变成了墨绿,操场上的杂草似乎也突然多了起来。不知从什么时候起,远处林子里传来了知了声,就像人们不知道杨淇什么时候腰间佩着一把刀子一样。

杨淇是黄昏时把刀佩在衬衫外面的。他佩着刀在操场上转悠时,感到新奇而恐惧。他的心跳震天动地。他感到空气中有种随时会爆炸的火药味。操场上零零星星有一些孩子在活动。乡村中学的孩子一般不喜欢体育,也不知道玩球,他们漫无目的地在操场上撒野。没有人发现杨淇佩着一把刀子,杨淇却认为许多人瞧着他。他走路的姿态有点僵硬,脸上是一种幼稚的决绝,让人感到唐突而可笑。

后来,杨淇佩着刀去食堂打饭。杨淇觉得自己被一团声音所包围。食堂像往日一样闹哄哄的,杨淇听来分外刺耳。杨淇觉得自己对外部世界的感觉突然变得既敏锐又迟钝了。他不知道他的敌人——那些欺负他的孩子有什么反应,他仿佛看到许多疑惑不解的眼睛,像多晶体一样闪烁在他周围。他猜不出那些交头接耳的孩子在说些什么。他们害怕吗?还是他们正在嘲笑他?杨淇突然有点后悔实施这个冬天以来一直萦绕在他心头的计划了。如果他们围过来向我进攻的话,我真的用刀子对付他们吗?杨淇于是想象刀子刺入他们胸膛时的情景,他看到鲜血像水柱似的喷涌。这样想着,他浑身上下都起了鸡皮,不禁打了个寒战。他开始明白他实际上是没有胆量动刀子的。

晚上，他是熄灯以后到宿舍睡觉的。许多日子以来，他习惯以这种方式来逃避那些野孩子。他进宿舍时，正在聊天的孩子们突然沉默了。他一声不吭地上了床。他觉得自己的心脏有点不舒服，这是因为这一天他的心跳异常。这天晚上，他没再去敲粪坑，他有点被自己制造的这件事弄懵了。他左右前后考虑这件事可能带来的后果，一晚上没睡着。

第二天，他下了好大的决心，才把刀子佩在外面。既然已经开始了，他别无选择，只好这么下去了。

杨淇没有想到，就在这天一个叫根的孩子巴结起他来。南方盛产着像根这样的孩子，他们往往不是孩子王，却聪明伶俐，懂得狐假虎威，依靠强者。中午时分，杨淇一个人来到河边，他虽然佩着刀，但还是不敢待在人群中。他在河边一棵杨柳树下坐了下来。根就是这时向杨淇走来的，根向杨淇走来时显得迟疑不决。杨淇最初没有注意到有人正在接近他，当他发现根时，根离他只有二十几米远了。杨淇马上警惕地站了起来，不安地看着根，右手下意识地摸了一下腰间的刀。他知道根是那种喜欢欺侮人的孩子。他一时不知怎么办，只觉得想象中的械斗与流血事件真的到来了。根见他瞪着自己，不敢再靠近他，站在那里，尴尬地对杨淇笑。杨淇不能把握根的笑中所包含的含义，许久他才读出那笑中献媚的成分，开始放松了一点。杨淇笑了笑，他猜想他的笑也许比哭还难看。根见他笑了，大着胆子走近杨淇，根一边走一边神秘地说："你的刀子是真的吗？"杨淇说："当然是真的，不信你试试，不把你刺出血来我不姓杨。"根说："别别，我可不想倒在你的刀下。"杨淇就骄傲地笑了笑。

根的巴结使杨淇稍稍缓了一口气。杨淇想，我佩上刀后他们果然不敢再惹我了。杨淇发现一度包围着他的那种怪异的眼光消失了，世界重新变得明亮起来，不那么有火药味了。他开始听清别的孩子们交头接耳时的说笑并不关他什么事，只不过是些毫无意义的闲聊罢了。他去食堂变得坦然多了。根时刻跟随着他，甚至为他打饭打水。那些经常欺侮他的孩子对他客气起来，其中有些人远远地避开他。

"看来，他们是怕我了。"杨淇想。

几天以后一个晴朗的下午，杨淇的班主任来到他跟前，面无表情地说："去我那里一趟。"杨淇想，他佩刀这件事终于传到了班主任耳里了。

班主任老克是乡村中学唯一货真价实的师范毕业生，这使他在众多民办教师中显得十分独特。在孩子们的眼里，他是个古怪的人。他头发油亮，有几绺贴在额头，与他深陷的眼眶构成阴郁的轮廓，唯一有生气的是他的嘴唇，薄而鲜艳，充满女性气质。令孩子们失望的是这个有着女人一样嘴唇的老师却是个不会说话的人。他不会教书育人。在课堂上他常常只顾在黑板上写字，很少说话。孩子们摸不透他的脾气，又惧于他严肃的外表，只得忍气吞声，一声不响地茫然听课。教室里常常静悄悄的，孩子们尽量克制着自己好动的习惯，坐姿端正。孩子们认为老克是多么神秘又多么可恶啊。还有那些民办们，他们对老克也不服气，他们讲的课既生动又有趣，他们却只是民办。他们常常在孩子们中间讲老克的坏话。

杨淇却不讨厌老克，对老克还颇有好感。这是因为每次别的孩子欺侮杨淇时，老克总是站在杨淇的一边。杨淇认为老克并不像人们说的那么古怪那么严厉，老克还是很细心很随和的。有一天，十几个孩子围在一起打杨淇，老克不声不响朝他们走来，他们顿作鸟兽散。老克并没去追他们，来到杨淇身边，替杨淇掸了掸身上的灰尘，温柔地问："他们为什么要欺侮你？"杨淇听了这话，有点想流泪，不过他忍住了。老克笑了笑又说："你不要惹他们，躲他们远一点。"杨淇想，再躲只有躲到地里面去了。老克见杨淇不吭声，就抚摸了一下他的头说："他们再欺侮你，你就来找我。"说完老克走了。

一直以来，杨淇对成人世界充满了向往。他热衷于同那些看起来比他大得多的人交朋友。在没有进入乡村中学之前，他曾跟过一位叫三爷的小伙子，跟他去山里偷西瓜或别的好吃的东西。三爷身上的成人气息和力量让他迷醉，连三爷小便比他撒得更远也让他羡慕不已。自从老克那次保护过他以后，杨淇偷偷关注老克。杨淇远远地站在老克单人宿舍外，观察老克宿舍里的动静。晚上，杨淇看到老克房间的灯亮着，窗口有个影子在晃动。后来他看清楚老克是在照镜子。老克总是长时间照镜子。杨淇看着老克，想，人要是长大了是多么好啊，那样的话就可以不用读书，可以安静地做自己的事了。

杨淇对老克找他这事并不十分害怕。他认为老克不会对他怎么样的。

杨淇跟在老克身后，向老克的宿舍走去。正是午后时分，阳光坚硬而锋利，刺得人眼睛生痛，使得杨淇看到的景物色彩模糊而强烈。穿过通向教育楼的旧式围廊，眼前出现一个花园，花园里种着一些月季与蔬菜，杂草丛中有几双破鞋与工作手套。走过院子，杨淇看见远处女生楼的水塔和窗口晾着的女孩子们的鲜艳衣裙。一会儿便到了老克住着的平房，坐落在两棵老槐树之间。

老克的房间有一股腐烂的气息，房间非常黑暗，这是因为刚经历了室外强烈光线刺激的缘故。一会儿，屋里的事物渐渐显现出来，杨淇看到黑漆漆的墙上挂着一本市场上常见的明星头像挂历。挂历下面是一个简易书架，书架上陈列着一些厚书，是杨淇从来不曾看过的。乡村中学那些见多识广的孩子说那是外国哲学著作。老克鲜艳的嘴唇上已叼上一根香烟。

"你想干什么？"老克温和地说，"你为什么要佩刀呢？"杨淇的脸微微泛红，说："他们欺侮我，我才佩刀。"老克说："你佩刀不像。你那么瘦弱，皮肤又白，像个女孩。你佩刀不像。"杨淇听了这话，有点不服气，他很想把根巴结他的事讲给老克听，又觉不好说出口，只好说："他们开始怕我了，他们不敢再欺侮我了。"老克用陌生的眼光打量杨淇，说："你看窗外是什么？"杨淇看窗外，有两只鹅正在相互搏斗，它们扑打双翅，脱落的羽毛遍地飞扬。这是南方乡村常见的景象。杨淇搞不懂老克的用意。老克说："看到了吗，两败俱伤，道理是一样的，你这么干是占不到便宜的。"杨淇不知说什么，抚弄腰间的刀子。老克走过来，摸了一下杨淇的头，说："把刀留下，你回去吧。"

杨淇只得把刀子放在桌上，嘟囔着走出屋子。路过花园时，他向女生楼望去，看到了水塔以及随风飘荡的衣裙，这回他看到了一些内衣和文胸，浑身燥热。

没过几天，杨淇又买了一把刀佩在腰间。根还是跟随着他。自从他被老克叫去以后，过去欺侮过他的孩子又开始对他虎视眈眈，他们观察杨淇，试图找机会教训杨淇。杨淇感到危险正在迫近。

一天，杨淇把根拉到寝室，当时寝室里就他俩，杨淇从床下拖出他的木头箱子，打了开来，从里面取出一只瓶子。杨淇说："这是浓硫酸，谁要是敢惹我，就毁了他。"杨淇就把硫酸倒到一张白纸上，纸马上变黑了。杨淇看到根那张脸变得越来越苍白，头上渗出亮亮的一层汗水。杨淇说："你不要同别人说起这东西。"根点点头。杨淇知道，根会把这事告诉别的孩子。

　　杨淇依然习惯于远远窥视老克。老克无声无息的身影，让杨淇感到既神秘又亲近。杨淇很想去老克的宿舍和老克说说话。
　　一个星期六的下午，乡村中学的孩子都回家去了。杨淇没回去，他闲而无事，漫无目的地在小河边走来走去。透过岸边的垂柳，远处的校舍展现出破旧的几个片段，显得十分寂寥，就像此刻的杨淇，孤单而安详。这时，杨淇看到走道上老克和一个三十多岁的女教师站在一起，样子好像是在吵架。女教师肥胖而黧黑。一会儿，女教师把一叠东西掷给了老克，转身走了。老克直愣愣立在那儿，一动不动。老克拿出一盒火柴把那叠东西烧了，然后失魂落魄地跑回宿舍。杨淇来到那堆烧毁了的东西面前，捡起还未烧尽的一片残纸，上面有老克的字：

　　我要占领你，亲爱的
　　让你在我的怀抱中死去……

　　杨淇十分惊奇，他想，这是情诗啊，是老克写的吗？难道老克想把这些情诗献给女教师吗？杨淇有点想不通老克为什么要写情诗给女教师，他觉得女教师并没有什么可爱的地方,再说她还有一个丈夫啊。

完全是好奇心驱使,杨淇来到老克宿舍门口。门虚掩着,透过门缝,杨淇发现老克手里拿着那把刀子(从杨淇手中没收的刀子)割自己的肚子,肚子血丝隐约,组成一个"忍"字。看着这一幕,杨淇心中充满恐惧,杨淇一动不动地趴在门边,不知如何是好。老克抬起头,他阴郁的眼光和杨淇迷惑的眼光骤然相撞,老克吓了一跳,机敏地站起,迅速冲了出来,一把抓住杨淇,把杨淇拖进屋。杨淇没有反抗,只是他的心跳急速而脆弱。一会儿,杨淇镇定下来,他看到老克坐在床上,样子十分无助,目光软弱无力。杨淇想,老克这样是因为那个女教师吗?他们之间发生了什么事呢?那个女教师长得多么黑啊!

他们有好长一段时间没有说话,周围很安静,能听得见远处的田间广播。杨淇觉得自己应说些什么,就怒气冲冲地说:"你为什么要这样?"老克摇了摇头,说:"说出来你也不会懂。这他妈是什么地方啊,连个说话的人也没有,那些民办教师除了吃喝拉撒还知道什么?"话匣子一打开,老克喋喋不休起来,说的话让杨淇似懂非懂。杨淇发现老克的脸渐渐潮红起来,深陷的眼睛有一种无助而疯狂的光芒。老克说:"你知道什么是寂寞吗?那他妈的是一把刀子啊,会把你的心一瓣一瓣地搅碎!"老克捡起掉在地上的刀子,在杨淇面前晃了晃,脸上露出绝望的表情。老克说:"那感觉比刀子划在皮肤上还痛。"杨淇听了,什么话也说不出来,他觉得老克真像人们所说的那样是个古怪的人。

天暗了下来,老克经过一段时间的剧烈的述说后安静了一些,他的眼睛又有了原来的茫然和温柔。他摸了摸杨淇的头,说:"我吓着你了吧?"杨淇摇摇头,没有说话。老克说:"我常常控制不住自己。"杨淇笑了笑,平日对老克的好感又回来了。杨淇看看天已黑了,说:"我得走了。"老克说:"你就不要走了,留下来陪陪我好吗?"杨淇想了想,答应了。

老克非常高兴,说:"我要烧最好吃的东西给你吃。"他兴致勃勃地张罗起吃的来。杨淇要帮忙,老克不让他动手,杨淇只得站在旁边看他烧菜。老克说:"你只管欣赏,我可是烧菜的好手。"老克向杨淇介绍菜的烧法,样子十分天真。杨淇觉得老克这时像个孩子,比自己大不了多少。杨淇说:"你不像一个老师。"老克说:"像什么,像朋友吗?"杨淇说:"也不像朋友。"

晚上,杨淇和老克睡在一起。窗外月色如镜,远山苍翠,一些夜虫在夜空中飞来飞去。黑暗中,老克痴痴地对杨淇笑。杨淇也感到新奇。以前他也曾同三爷睡在一起,他用手在三爷的胸前抚摸,能感到三爷强悍的心跳。杨淇睡在老克身边,背对着老克。他知道老克正看着他的后脑勺。杨淇感受到过去在三爷身上感受过的温暖的成人气息,令人迷醉的成人气息。老克的手在杨淇的脸上抚摸起来,他让杨淇转过身来,老克说:"你的脸真白,像女孩子。"老克把整个脸贴在杨淇脸上。杨淇对这样亲昵的行为感到很不舒服,想起老克只不过是在表达友好,也没有排斥。

杨淇对老克和那女教师的关系很好奇,他觉得他应该弄弄清楚。当年三爷总是同杨淇讲起他同村里那些女人之间的事情。杨淇问:"你为什么要给她写情诗?"老克观察杨淇,摇摇头,叹了口气。杨淇又说:"她是多么黑啊。"老克说:"你是不会明白的,你还小。"杨淇说:"我真想不通,高班的男生老往她宿舍跑,她有什么可爱的?"老克嘿嘿笑了笑,说:"你真是个孩子,你不觉得她很丰满吗?"杨淇说:"那不是丰满,那是胖。"老克说:"我有时真想在她的大奶子上睡死过去的。"杨淇听了,脸就红了,没想到老克还那么下流。杨淇说:"可她还有一个农民丈夫啊。"老克说:"她才不管这些呢,你没见她老在男人面前扭腰弄臀的。"杨淇说:"你很喜欢她?"老克说:"喜欢。"杨淇说:"可她不理你。"老克说:"对,她不喜欢我。"

第二天,杨淇醒来时太阳已升得很高。老克已起床,正在烧泡饭。老克见他醒来就打了冷水要他洗漱。杨淇胡乱洗了一把。老克要杨淇一起吃早饭。杨淇也没客气,就坐下来吃。

吃过早饭,老克提议去钓鱼,杨淇没这个雅兴,不过这个星期天没事做也怪无聊的,答应了。老克拿出两根钓鱼竿说:"你应该学学钓鱼,总有一天你会觉得一个人过日子是很没劲的,需要有点爱好。"杨淇说:"一个人有什么不好,我以前想一个人他们还烦我呢。"老克笑笑，搂着杨淇走了。

他们沿着河边朝远处的湖泊走去。正是早晨八点多钟光景，西边的群山在阳光下显得十分静谧，透出安详的气息。布满腐烂水草的河水倒映着群山，水波荡漾着，在阳光下发光。一会儿，他们来到湖泊旁边，开始做放钓的准备。

过了九点，太阳开始显示夏天的本质，照得他们汗流满面。说来也怪，杨淇半天没钓到一条鱼，老克却收获颇丰，刚放下钓线就有一条鲫鱼上钩，第二钓竟钓了条一斤多重的鲶鱼。老克笑杨淇，说杨淇没戏，鱼不爱他。说得杨淇很想钓一条漂亮一点的鱼给老克看看。他花了好大一会工夫还是一无所获。杨淇感到很没意思，不想再钓了。天实在太热，想起以前，他跟着三爷，这个时候早已下河游泳了，杨淇对老克说："喂，钓鱼没劲，还是游泳吧。"老克说："河水太凉，要感冒的。"杨淇说："你是不会游泳吧，真没劲。"杨淇说完，脱光所有的衣服，跳进湖里。一进湖水，杨淇就大呼小叫起来，连喊舒服。还向老克泼水，口里说："我钓不到，你也别想钓到鱼。"

有一群女孩向老克走来。杨淇一眼看出其中一位是红。红走路时那种特有的风骚姿态，他很远便能辨认出来。红今天穿着一件黄色短裙，白白的大腿上吊了一双短袜。她们嘻嘻哈哈来到老克身旁，甜甜地和老克打招呼。杨淇对自己赤身裸体很不好意思，再说他不善于和女生打交道，就向湖心游去。等他游出好远，回头向岸边看时，女孩子们已坐在老克身边。他看到红叉着双腿，对着湖傻笑。杨淇看到红的黄裙子里白白的内裤。老克神色严肃地坐在女生中间，嘴上已叼上一根烟。杨淇知道女生今天来到老克身边是因为马上要期中考试了，这些聪明的女生很早就懂得利用自己的性别讨得老师的欢心，好在考试中蒙混过关。大概是老克同她们说了水中的杨淇，她们开始对杨淇起哄，其中红闹得最疯。杨淇见她们同他笑，内心充满快乐。杨淇想，这帮疯丫头，她们冲我骚呢。于是杨淇嬉笑着向岸边游来。杨淇在离岸不远处，做了个潜水动作，水面上露出他白白的屁股。女孩子们见了，脸都红了，也闹得更疯了。红开始捡地上的泥块，砸杨淇。别的女生也效仿起来。杨淇只好傻笑着频频潜水。有一个女生笑得东倒西歪，最后倒在老克的身上。老克显得很紧张，有点不知所措。

红对杨淇说："你有本事上来。"杨淇想，我赤身裸体怎么能上去呢！杨淇就说："我上来不吓死你们才怪。"红说："我们不怕。"杨淇只好哈哈傻笑。红就嘲笑杨淇："知道你没胆量的。"杨淇被他们笑得有点恼火了，他想，我不相信他们敢看我那地方。杨淇本来觉得给她们看看也没什么了不起，只是冬天以来他下身长出一层毛茸茸的东西，很不好意思让人看到。杨淇想了个办法，潜水到湖底，从湖底挖了一把泥土，抹到下面。这样她们就不知道我有毛了。女生没想到他真会上来，还没露出水面，女生们转身跑了，嘴里还骂他流氓。只有红没跑，直愣愣瞪着他那地方看，眼睛一闪一闪发光。一会儿红也红着脸跑了。

女孩子们一走远，老克轻松起来，他脱了衣服，只穿一条三角内裤，跳进湖里。老克显得十分兴奋，他从湖底抓了一把泥，砸向杨淇。杨淇也摸了一把砸向他。他们嘻嘻哈哈的，闹得很欢。

刚才那群女生也来游泳了。她们穿着游泳衣，雪白的肌肤在阳光下显得特别耀眼。她们跳进湖里，却不怎么会游泳，只得立在浅水处向老克喊。老克游了过去。一些不会游的女生要老克教她们，老克就挑了个比较漂亮的教起来。红因为会游泳，就仰泳来到杨淇身边。杨淇看到水流在红的肌肤间流动。红大大咧咧对杨淇笑道："你下面还光着吗？"杨淇说："我早穿上短裤了。"红说："我不相信。"杨淇急得脸都红了，他把下身浮了上来，说："你看到了吧。"红说："听说你有一把刀？"杨淇骄傲地说："是的。"红说："你真厉害，根说别的男生都怕你了。你真的敢刺他们吗？"杨淇说："那当然，要是他们敢动我，我就让他们去死。"红说："我看你是说大话。"杨淇急了，说："骗你是狗。"

红游到老克身边。老克正在教一个女孩蛙泳，老克托着那女生的腹部，让女生做动作。老克显得很激动，目光不像平日那样迷惘了。红见蛙泳漂亮，要老克教。老克放下那女生，来教红。老克照样托着红的腹部让红游。红学得很快，老克见红已能游了就突然放手，红沉了下去，呛了口水，挣扎着抱住了老克。红丰满的胸脯完全抵住了老克。红无心无肝地笑着。杨淇看到这一幕,心里不是滋味。一会儿,他潜到水下,睁开眼往老克那边瞧,看见老克的右手握着红的大腿,另一只手托着红的腹部,脸离红的胸脯很近,几乎压着了。杨淇想,老克真是个流氓啊。杨淇远远地游开了。

回去的路上,杨淇再没理老克。老克几次试图和他说话,他都不吭声。他们走了一阵,老克突然说:"你吃醋了?"杨淇脸红了,说:"我吃什么醋啊。"老克说:"那你干吗不理我?"杨淇说:"我只是不想说话。"老克带着玩笑的口气说:"你是不是喜欢上谁了?"杨淇说:"我没喜欢上谁,我谁也不喜欢。"老克搂住了杨淇,说:"我不信。"两人轻佻地笑起来。

晚上杨淇还是睡在老克的宿舍里。

许多天以后,乡村中学有一个孩子把杨淇藏着硫酸这事告到老克那里。这是根宣扬出去的结果。当时老克的脸色非常难看,他恶狠狠对那孩子说:"你亲眼看见了吗?"那孩子诚惶诚恐地走开了。

杨淇是从根那里知道这些事的。乡村中学的孩子开始意识到杨淇和老克之间不同寻常的关系,他们纷纷讨好起杨淇来,那些过去对他肆意辱骂与殴打的孩子也通过根向杨淇传达友好的信息。杨淇很矜持,对这些人不屑一顾,不过他也不反对他们讨好自己。

杨淇尝到了甜头，他往老克宿舍跑得更勤了。杨淇心里清楚，这些人不是怕他，而是怕他的刀子与老克。杨淇知道自己对老克很难说有什么情感可言，如果拿三爷同老克比他更喜欢三爷。老克很多时候一副失魂落魄的样子，双眼阴郁，让人想起林子里的眼镜蛇。杨淇不怎么敢正视老克的眼睛，觉得那里面有一种令杨淇感到恐惧的东西，是什么杨淇说不出来。杨淇同老克在一起时老是感到一种模模糊糊的不安与危险。

更多时候杨淇没有深入思考这些问题，他把注意力转移到了红的身上。自从那次和红游泳以来，杨淇多次梦见她，有的梦甚至缠绵悱恻，朦胧而不着边际，白天想来令杨淇脸红心跳。杨淇不敢主动和红说话，只是远远看着她。有一次杨淇见她在操场上疯跑，她的双乳不停地上下跳动。这个景象自然进入了杨淇的梦中。这个季节杨淇的身子总是发烫，精神振奋，仿佛有用不完的精力。

随着考试的临近，不时有女生来老克宿舍讨教。他们想在讨教过程中探得试卷的蛛丝马迹。一天，红和另外几个女生也来了。红进来时，杨淇激动得发抖。他很想同红说说话。他觉得他们游泳时已有了一种亲密关系，认为红一定也会有类似的感觉。但红进来时，理也没理他，好像不曾认识他。红只顾和老克甜笑，完全冷落了杨淇。为了掩饰自己的慌乱，杨淇假装擦竹书架上的灰尘。红正靠在老克身上问一道难解的数学题。杨淇看见红饱满的胸脯抵着老克的肩头，几乎变了形。老克解题心不在焉，双手颤抖。杨淇很愤怒，装作不小心，砸碎了书架上一只花瓶。女孩子们都回头看他。他看到红的脸刹那间红了。老克奇怪地看了他一眼，又埋头解题，态度冷淡。杨淇被老克看得很不舒服。

　　杨淇倒掉花瓶的碎片，不声不响回来了。杨淇此刻非常讨厌老克，觉得老克真的是一个大流氓。红正在兴奋地高声说话，声音里有一种甜腻腻的东西。这声音同样让杨淇反感。杨淇很想在红的屁股上狠狠踢一脚。

　　一个星期天的早晨，教育楼后面花园里的四季海棠经过昨夜雷雨的洗礼，开得分外艳丽，大红的花瓣沾着露珠，容易让人产生血腥而风骚的联想。乡村中学别的孩子都回家了，只有杨淇坐在教室里发呆。

　　老克的手风琴响了起来，接着响起的是一个女人的歌声。杨淇听出唱歌的人是那女教师。女教师的歌声奶声奶气的，和她的实际年龄完全不符。歌声穿越两棵老槐树及修剪得并不整齐的花园源源不断地传入杨淇的耳朵。某刻，杨淇想到了红走路时扭腰弄臀的样子。杨淇不明白歌声和红有什么关系，他隐约预感到某些隐秘的事情正在降临。

　　老克的手风琴和女教师的歌声在临近中午的时候戛然而止。乡村中学突然安静得出奇。每个礼拜天人去楼空的乡村中学总是很安静。杨淇的心中产生了空荡而烦躁的情绪。他步出教室,向林子里走去。

　　林子依山坡向上延伸。杨淇非常熟悉这里。杨淇知道许多安静的去处。不断有老鼠从他的脚下窜过,远处的鸟儿仿佛被什么东西惊扰,飞到空中。一会儿他听到一种奇怪的喘息声,和狗中暑时发出的一模一样。他猫下身,试图看个明白。他吓了一跳。老克与女教师赤身裸体拥在一起。杨淇有点不能适应这个场面,只觉得头脑中轰的一声,仿佛一颗炮弹落到他的脑袋里。

　　南方随处可见的田间广播突然响起了它陈旧的开始曲。老克显然被这骤然响起的声音吓了一跳。他警惕地向四周张望。杨淇躲在树丛中没被他发现。杨淇回过神来,悄悄地向山下跑。

　　杨淇窥见老克和女教师的暧昧关系后不再去老克宿舍了。老克的行为对杨淇的冲击非常大。杨淇想,老克果真是个下流坯,如果我再同老克混在一起,我也是个下流坯。反正现在没人再敢欺侮他了,去不去老克那里也无所谓了。杨淇就佩着刀和根或别的孩子玩。有时候,他们玩牌,那些孩子为了讨杨淇高兴,故意出错牌,让杨淇赢。

　　几天以后老克来找杨淇了。老克的脸色非常不安,也非常憔悴,仿佛刚刚经受过什么打击。老克见到杨淇,可怜巴巴地说："你为什么不来我宿舍了呢，来陪陪我吧。你是不是恨我？"杨淇说："我不恨你。我为什么要恨你呢。"老克说："因为……吃醋。"杨淇的脸红了一下，老克对红的不怀好意的确让他不高兴，他说："我吃什么醋啊。我只是看不惯你老是占她们的便宜。"老克一脸无辜说："我没有呀。"杨淇怀疑自己可能想多了。

　　杨淇又去了老克宿舍。几天不见，老克似乎变得更加古怪，之前杨淇能感受到老克身上有一种孩子般的天真，现在老克心事重重，总是对着窗口发呆，口中还念念有词。一天，杨淇好奇地问老克："你在说些什么啊？"老克说："她不再理我了。"杨淇知道老克在说那女教师。杨淇不想了解他们之间肮脏的关系，没再问下去。

　　这以后的每天夜里，老克总是同杨淇说些神秘而恐怖的事情。老克说："我完了，没救了，我已经被什么东西杀死了。"老克讲起一个女诗人的故事，她割断自己的动脉无声无息地死去。杨淇读过老克的诗，知道老克也是个诗人。杨淇认为诗人都是些怪人。老克把女诗人自杀的过程说得非常详细，杨淇听了毛骨悚然。老克说这些事时，目光炯炯，双手不住地揪着头发。老克的头发像充了电一样，每根上翘，看上去像一只人面刺猬。杨淇受不了啦，突然哭出声来。老克不知道怎么回事，试图安慰杨淇。杨淇边哭边喊："你为什么要同我讲这些东西，我不想知道这些鸟事。"老克愣了一下，去摸杨淇的头，杨淇粗暴地打开了他的手。

他们闹过之后就睡了。半夜,杨淇被一泡尿憋醒,起来小解。他发现房间门开着,很奇怪。他解了小便,习惯性地把门关死,睡了过去。过了很久,响起了敲门声,杨淇很恐惧,喊老克。老克没在床上。他问:"谁敲门?"门外响起老克的声音:"我。"杨淇嘀咕着去开门。老克脸色苍白地说:"我在小解,你怎么把门关了。"杨淇虽然感到奇怪,不过他实在太困了,又睡死过去。

早上,老克做饭时问杨淇:"我像不像你的兄长?"杨淇说:"不像。"老克说:"那像什么?"杨淇说:"不知道。"杨淇确实弄不懂他们这种奇特的关系算什么,杨淇有点厌倦这种关系了。

孩子们还像往常那样巴结杨淇。一天有一个孩子不小心把一把鼻涕摔到了杨淇的裤腿管上,根冲过去,揪住那孩子要他把鼻涕擦掉。那孩子用自己的衣袖子擦。想起这孩子以前曾欺侮过他,杨淇也就觉得心安理得。在孩子们的巴结中,杨淇开始狂妄起来。

随着夏天的深入,阳光越发疯狂地生长,它吸干了泥土与空气中的水分。空气中充满了张力,像一根绷紧了的旧弦。有一种透明的余响萦绕在乡村中学里。这样的日子,杨淇收到一封信。信是红写来的,他读了后马上领会了红信中暧昧的信息。可是杨淇没有经验,不知道怎么回应红。他本来可以把红约到林子里去的,想起他曾看到老克和女教师在那里有过那事,打消了这个念头。他想:"我可不能学老克。"如果不去林子里就没别的地方可去了,总不能在校园里公开谈情说爱吧。想了半天,杨淇想出了一个办法。在实施这个办法前,他来到老克宿舍,对老克说:"从今天起,我不来你这儿睡了,我另有事要办。"

杨淇的办法胆大妄为,匪夷所思。一直以来,杨淇习惯在黑夜里实施他的报复行为。他的办法是趁黑夜爬到红的宿舍里去和红幽会。他是爬气窗的能手,有时候从老克那儿回宿舍,他也是从气窗爬进来的。他认为红一定在等着他。

一个漆黑的夜晚,他实施了冒险计划。乡村中学的孩子们已睡死过去,四周安静得出奇,远处的村庄传来狗吠声,一些夏虫在空气中飞来飞去、低声嗡鸣,植物和花朵在黑暗中拔节生长。杨淇从宿舍里出来,摸黑向医务室走去。一会儿,他来到校医务室,爬窗而入,在放着药品的柜台里找到了一瓶镇静剂。他在一本书上读到过,镇静剂能壮胆。他拿了药爬窗出来,消失在黑暗中。走在通向女生宿舍的围廊里时,他揭开瓶子服了三粒。

片刻后他来到二楼的一间宿舍门口。红就在里面。他环顾四周,没有一点动静。他像一只猫一样灵敏地一跃而上,在往窗下跳时,腰间的刀子绊着窗框,差点撕破他的裤子。

他辨认出北面那张靠窗的铺位是红的床。他向那边摸去。只差几步时,他看到红竟睁着一双乌溜溜的大眼睛,吓得后退一步。红没有出声,红仿佛预料到他会来,对他动人一笑。杨淇的胆子一下子壮了,小心地向红走去。杨淇快要走近红时,红伸出了她鲜嫩的小手。杨淇一阵狂喜,迅速握住了她的手。一接触红的肌肤,他胸腔震动,觉得自己要晕过去了,同时感到心身清凉而愉悦。杨淇在红的床边坐了下来,傻乎乎地握着红的手,不知道接下来该怎么做。他看到红的双眼贼亮,笑容十分甜蜜。杨淇看见黑暗中发出光来,那是红发出来的。红胜过世间所有的事物。红如水的发梢落在她光洁的颈部,水波一般起伏;红的嘴唇鲜红,像一朵玫瑰;红的双眼明亮,宛若宝石。杨淇不知道怎样来比喻红,在他的感觉里红比任何他能想出的拙劣的比喻都要生动。

对面床上突然有人说话。杨淇像被火烫着一样即刻缩回了手,双眼警惕扫视。那是梦呓,不是对准他的。这一吓同时把他涌出的美好想象吓跑了。他该回去了。他对红笑笑,爬出窗,回到自己的宿舍。

第二天杨淇醒来,发现世界像原来一样平静。这天红见到他脸不由得红了。三天之后的一个深夜,杨淇又去了一次女生宿舍楼。杨淇摸到红的宿舍门口,门虚掩着,他便推门进去。红醒着,眨着黑眼。他像上回那样握着红的手,只顾傻笑。他们默默地坐了会儿,红从被窝里钻了出来,红轻轻在他耳边说:"我们去外面好不好?"杨淇点点头。红起床穿裙子。红的大腿很粗,三角裤却很小。

他们手拉着手来到远离女生楼的小花园里，找了个地方坐了下来。杨淇很想把红搂在怀里，只是坐的位置不对，很难做出这个动作。他不做这个动作的另一个原因是害羞，他对红还是陌生的，他和她并没有说过几句话，他觉得贸然做亲热动作有点唐突。红比他大方多了，红一坐下就对他傻笑，说："你的胆子可真大，敢爬窗进来。"杨淇骄傲地笑了。红说："你夜里还佩刀子啊，能给我看看吗？"杨淇取下刀子递给红。红说："老克为什么不上交你的刀子？"杨淇诡秘一笑，说："这是秘密。"红说："你要小心点，老克可是个怪人。"杨淇说："我已经不理他了。"红问："听说老克喜欢女教师，是不是这样？"杨淇对她神秘一笑，低声说："告诉你一个秘密。"于是他说了在林子里看见老克和女教师在一起的情景，说得红脸红心跳。杨淇感到红的手越来越烫，不免心情浮动，情不自禁在红的脸上迅速吻了一口。红顺势扑进了他的怀里。杨淇激动起来，紧紧拥住红。他们口对口使劲地吸。杨淇被亲得完全晕了，他的双手在红的身上不安地探索。当他向红的下身摸去时，红突然清醒过来，甩手在杨淇脸上打了一耳光。杨淇就停止了动作，不解地看着红。红说："你想干什么？你不要耍流氓！"杨淇带着哭腔说："我怎么了，我没干什么呀。"红说："我们不能干那事。"

杨淇感到很委屈，红简直翻脸比翻书还快，竟打了他一耳光。他觉得自己心都要碎了。红安慰他，说："你生气了啊。"杨淇没吭声。红又说："你明天还来吗？"这话让杨淇受伤的心灵得到了安慰。他想，红还是要他的。

在以后的日子里，杨淇隔三岔五半夜进入红的宿舍。谁也没有发现杨淇日复一日的冒险勾当。

杨淇已有一段日子没去老克那里了，杨淇完全被红吸引，白天魂不守舍，等待夜晚的到来。晚上展现在杨淇面前的是一个神奇的世界，他和红的勾当让他感到妙不可言。有时杨淇也碰到老克，他假装没看见。不过他还是能感到老克向他投来的阴郁而绝望的目光。

一天傍晚，老克在操场上截住了杨淇。杨淇对老克的行为很反感，他眯着双眼，高傲地站在老克面前。老克说："你为什么这么讨厌我？"杨淇说："我并没有讨厌你。"老克说："那你为什么不来我这里？"杨淇说："我已同你说了，我有事。"老克恳求道："来吧，我烧最好的菜给你吃。"杨淇说："我可不想吃。"老克有点生气，说："我对你那么好，你怎么没一点感恩之心？"杨淇说："你饶了我好不好，就当没我这个人好不好？"说完杨淇就跑了。

老克还是缠住杨淇不放，软的不行他就来硬的。一天课堂上老克突然向杨淇提问，杨淇正迷迷糊糊想着心事，老克讲了什么他没听进去。杨淇只得站起来，心里对老克有点不以为然，他对班上的孩子吐了吐舌头，做了个鬼脸。班上孩子哄堂大笑。老克脸色一下子变得很阴沉，不声不响地走近杨淇,一把抓住杨淇的衣襟,把他从座位上拖了出来,拖到讲台上。老克说:"你再表演啊,你再表演啊。"杨淇完全被老克弄懵了,没想到一向温和的老克竟会对他如此粗暴。教室里静悄悄的,孩子们都看着不知所措的杨淇,他们意识到杨淇和老克的关系并不像他们想象的那样亲密。

杨淇反感老克的行为。自从和红约会后,他觉得自己迅速成长,脸上有一种天不怕地不怕的劲头。杨淇下定决心不再理睬老克了。

老克没有死心。一天晚上,杨淇刚要睡觉,老克来到杨淇宿舍。老克要杨淇跟他出去一趟。杨淇不想让孩子们知道他同老克已经闹翻,跟着老克出门。杨淇想悄悄和老克断绝来往。

杨淇跟着老克来到花园。夜晚的空气中荡满了泥土的腥味,那是附近乡村已经收割的农田在水中浸泡过久而发出的气味。一颗流星倏然划过天际,引得一阵狗吠。杨淇在花园里站住,问:"你找我有什么事?"老克说:"去我那儿再说。"杨淇说:"我不去你那儿。"老克说:"你一定得去。"杨淇说:"你为什么要缠着我,你想干什么。"老克见杨淇不走,试图拖走杨淇。杨淇使劲挣扎。杨淇挣扎了会儿,愤怒从心头涌出。他几乎没来得及思考,拔出腰间的刀子刺向老克。刀子刺在老克的屁股上。一会儿鲜血从老克裤子里渗了出来。

见到血,杨淇就害怕了。他不由自主地哭出声来,边哭边去扶倒在地上的老克。老克却没有叫喊，他还在恳求杨淇。老克说："与我在一起吧，我已习惯了和你在一起，你不在我睡不着。"杨淇觉得自己的心忽然就软了，他觉得自己不应该心软。他还是说："好吧好吧，我今天跟你走。"杨淇扶着老克，回到老克的宿舍。

老克显得很兴奋，他仿佛忘了被刀子刺伤的疼痛。他打来水要给杨淇洗脚，杨淇说自己会洗的，老克一定要亲自替他洗。杨淇说："你真是个怪人。"

女生楼的一系列事件就是这个时候出现的。一些女生的内裤和文胸不翼而飞。有一个女生在女厕所里碰到一个男人飞快地从里面出来然后消失在黑暗中。女孩子们既紧张又兴奋地谈论着这些事件，她们夜里不敢再上厕所，宁可憋到天亮。这些事让校方大吃一惊，那个精力过人有着一头银发的校长决定调查此事。

男孩子们对此一无所知。

杨淇出事是在半月之后。那是仲夏的一个月明星疏的夜晚，南方的空气中飘荡着荷叶的清香。日益增多的蚊子在院子里的杂草丛中嗡嗡着。午夜时分，杨淇照例来到红的宿舍门口，准备推门进去时，被潜伏在楼道里的校长逮了个正着。杨淇本能地试图逃跑，但校长已死命把他抓住了。杨淇腰间的刀子剧烈晃动。

年迈然而像兔子一样灵活的校长的脸被愤怒与兴奋扭曲，他决定当夜审问杨淇。他粗暴地摘取杨淇腰间的刀子，由于用力过猛，拉断了杨淇的皮带。校长把杨淇关到自己的办公室里。

他叫来正在睡觉的班主任老克，在校长室进行了一场毫无进展的审问。

校长在杨淇面前来回踱步，他的双手搓动着，激动得浑身颤抖。老克冷漠而阴郁地坐在校长身边，双眼茫然。校长向老克使了个眼色，便开始了严厉的提问。

校长问："你去女生楼干什么？"杨淇低着头，没回答。校长又说："你要老老实实说出来，我们已经知道你都干了些什么。"杨淇还是不吭声，他弄不明白他与红的勾当是怎么传出去的。校长意味深长地向老克使了个眼色，示意他提几个问题。老克严肃地点点头。杨淇满怀希望地看着老克，盼望老克能为他说几句话。老克低下头，想了会儿，用迂回曲折的诱导的方法提问："你去女生宿舍想拿什么东西是不是？"老克问杨淇时，双眼并没正视杨淇。"不是。"这次杨淇回答得轻松而迅速。杨淇想，我从来不偷东西。老克很快地瞥了杨淇一眼，又道："你偷了什么东西是不是要我说出来？"杨淇对老克这么问很生气，他想，老克应该知道我从来不偷东西的呀。这事完后杨淇是再也不想理睬老克了。杨淇还想，老克说不出什么来，因为我没偷过东西。杨淇就赌气似的对老克说："你说出来好了，我偷了什么东西？"老克显得很激动，双手绞在一起，并微微发颤。他努力控制自己，咬了咬牙，一字一顿地说："你偷了女生的内裤和文胸，对吗？"杨淇起初以为老克开玩笑，竟笑了起来。校长见杨淇笑，气得差点吐血，骂道："这不是件光彩的事。"杨淇看到校长严峻的脸，顿觉事态严重。他想，难道他们真的认为我偷了女生的短裤和文胸吗？这可不是开玩笑的事情。杨淇几乎带着哭腔，怯怯地说："我没偷，我真的没偷，我没偷过任何东西。"校长问："那你去女生楼干什么？"审问又回到了起始点。

后来校长拍起了桌子。拍桌声被夜晚严严实实的寂静所融化，消失得无影无踪。老克一直在一旁不声不响。

长久的审问使杨淇感到十分疲劳，他只觉脑袋发胀，耳朵鸣叫。他忍受不下去了，说出了去女生楼的真正动机，还说了他与红之间的所有细节。他拒绝承认那些内裤与文胸与他有什么干系。他一遍一遍地说："我从来不偷东西，也不喜欢那些东西。"校长疑惑地用目光征求老克意见。老克说："看来那些东西的确不是他偷的。"校长没有点头也没有摇头。

校长和老克都感到很困，各自睡觉去了。他们没有放掉杨淇，还是把他关在校长室里。一会儿杨淇躺在办公桌上迷迷糊糊地睡了过去。

当杨淇醒来时，天已大亮。由于熬夜，他眼部有点浮肿，眼角挂满了眼屎。透过眼屎，他在迷蒙中看到窗外孩子们匆匆走过，远处孩子们三五成群议论着什么。望着灰暗的天空，他涌上一种不祥的预感。后来杨淇才知道昨晚发生的事，老克用杨淇从自由市场买来的那把刀子割断了自己的动脉自杀了。昨夜是杨淇最后一次见到老克。

这个消息是清晨时分根来到校长办公室窗口告诉杨淇的。杨淇整整愣了十分钟。他似乎明白了已经发生的一切。

当校长再一次来到杨淇面前时，杨淇说："那些事都是我干的。"

校长疑惑地看着这个古怪的孩子，不知道该说什么。老克的死大大地出乎他的意料，他开始把老克与女生楼失窃事件联系起来了。现在这个孩子说那一切都是他干的。校长不知如何判断。

十天以后，杨淇从看守所放了出来。他已不是乡村中学的学生，因为学校开除了他。一天，他来到老克的坟头。太阳刚从东边升起，南方早晨的空气湿润而温柔，植物经过一夜的休整显得精神饱满，在阳光下发出清新的光泽。他看到老克的坟头放着一个花圈，花圈完好无损，十分精神。杨淇突然涌出一种既愤怒又无奈的情感，他搬起一块石头，向那花圈砸去。石头应声落地，惊起一群飞鸟。

杨淇骂道："读书他妈的有什么好，我还不想读呢。"

1994 年 6 月 20 日

乡村电影

村头的香樟树下一大帮孩子翘首望着南方。他们在等待电影放映员小李的到来，在乡村间轮流放映的露天电影这回轮到他们村了。放映机是在早上由守仁他们几个用手拉车运到村里的，但电影片子是由放映员小李随身带的，小李没出现孩子们就不知道今晚放什么片子。

已经是初夏时节，天气很热了，附近的苦楝树丛显得蓬勃而苍翠，细碎的叶子绿得发黑；一条小河从香樟树边上流过，河水清澈见底，河面荡着天空的一块，碧蓝碧蓝，使河道看上去像一块巨大的陶瓷碎片。放映员小李迟迟没有出现，孩子们不免有点着急，加上天热，一些孩子跳进了河里游水。这是他们今年第一次下水，气温虽高水还是很冷的，孩子们一跳进水里便大呼小叫起来。

另一些孩子没有下水，他们围在一起说话。一个叫萝卜的孩子在猜测今晚放映什么电影。萝卜的爷爷在城里，他在城里的电影院看过一部叫《卖花姑娘》的电影，村里的孩子似乎不相信或不以为然，萝卜盼望有一天村里也能放这部片子。

萝卜说："我猜今晚一定放《卖花姑娘》。"

大家没理萝卜，眯着眼看前方一个骑自行车的人向村里驶来，试图辨认那人是不是放映员小李。那人不是。

虽然没人睬萝卜，他依然自顾自说话："城里的电影院白天也能放电影，因为电影院是黑的。我看《卖花姑娘》就是在白天。那是一部朝鲜电影，非常感人，当时电影院里几乎所有的人都哭了。"

孩子们都笑出声来。有人嘲笑萝卜竟喜欢这样一部没有战争的电影。那个叫强牯的孩子粗暴地骂萝卜娘娘腔。强牯是这帮孩子的头，孩子们都讨好地附和强牯，笑萝卜像娘们似的。

萝卜感到很孤独。他不知道为什么他的伙伴不相信他的话，处处和他对着干。他比他的伙伴有更多的见识，他的伙伴却还嘲笑他。

萝卜喜欢和比他大一点的小伙子和姑娘待在一起，他有点怀念村子里没电的日子。那时小伙子和姑娘们会坐在油灯下，谈论刚刚读到的一本书或一部手抄本，从他们的嘴唇中还会吐出像"恩维尔·霍查、铁托"这样的异邦人的名字。萝卜喜欢这样的场景，他觉得他们比起他那些愚蠢的伙伴来显得目光远大、见多识广；同时萝卜还嗅到了爱情的气息在油灯下滋长,他发现在油灯照不见的地方,姑娘和小伙又在肌肤相亲。有了电灯以后,小伙子和姑娘即使聚在一起也分得很开,他们之间存在着不可逾越的距离。

孩子们还在谈论电影,这回他们在讨论为什么从电影机里蹦出么多活人来这件事。孩子们感到不可思议。一个孩子听说过孙悟空的故事,就说,一定是像孙悟空用毛变小猴子那样变出来的;另一个则说,我去幕布上摸过,并没有人。萝卜听了他们的话,不自觉摇了摇头,他们太愚蠢了,他真的不想理睬他们。但萝卜还是遏制不住站到太阳底下,让自己的影子做了几个动作,然后说:"你们见到的活人只不过是这个东西。"没有一个孩子认同他的说法。

就在这时,放映员小李骑着自行车进村了,他路过村头时一脸矜持,没理睬孩子们的纠缠,径直到了守仁家。孩子们也跟着来到守仁家。守仁家门口一下子围满了孩子们。放映员小李从自行车后架上把一只铁皮箱子拿了下来,孩子们都知道那里面放着电影胶卷。那个叫强牯的孩子眼尖,他看到了铁皮盖子上面已被磨损得模糊不清的片名,就大声说:

"今天晚上的电影是《南征北战》,根本不是他娘的《卖花姑娘》。"

萝卜不相信,继续往里挤。萝卜好不容易才挤到守仁家里,想问守仁或放映员小李今晚放什么电影。萝卜站在门口不敢靠近守仁,萝卜很怕守仁,守仁是个有名的暴戾的家伙。

谁也不敢惹守仁,守仁是村里最狠的打手。守仁有一双高筒雨鞋,穿上后确实十分威风,走在村里的石板路上咯咯作响,很像电影里的日本宪兵。虽然村里的人都在喊"割资本主义尾巴"的口号,实际上家家户户都养着几只鸡或者鸭。鸡和鸭一般不怕人,它们怕守仁,见到守仁像老鼠见着猫一样溜之大吉。这是因为守仁操着它们的生杀大权。如果村里的男人或女人打死别家的一只鸡或者鸭,必会引起一场纠纷,如果守仁打死一只鸡或者鸭,大家都会觉得合理,割"尾巴"嘛。守仁打了大家没意见。守仁是个凶神。每次孩子们调皮时,父母们就会吓唬他们:"让守仁抓去算了。"听到这样的话,孩子们便钻到母亲怀里。在这样的灌输下,几乎所有的孩子都怕守仁。

守仁正在为放映员小李泡茶。守仁似乎很紧张,倒茶时双手也在微微颤抖,脸一直绷着。萝卜觉得守仁有点反常,他对村里的人凶,对外乡人特别是像放映员小李这样有身份的人一直笑脸相迎。萝卜很想知道晚上放什么电影,也顾不得守仁心情不好,问守仁今晚放什么片子。谁知守仁砰地把茶壶放到桌上,来到门边,抓住萝卜的胸口,把萝卜掷到屋外的人堆里。萝卜顿时脸色煞白。

守仁对孩子们吼道:"都给我滚开,再来烦我,当心打断你们的腿。"

孩子们惊恐地离去。他们心里恨恨的,但都不敢骂出声来,怕守仁听到了没好果子吃。

萝卜的家就在守仁家隔壁，所以没理由走开。萝卜在不远处的泥地上玩那种旋转"不倒翁"，萝卜十分用力地抽打它，故意把抽打声弄得很响，用这种方法抗议守仁对他的粗暴。

放映员小李对守仁今天的行为感到奇怪，他说："你怎么啦，守仁，发那么大脾气。"

守仁的脸变得有些苍白，眼中露出一丝残忍的光芒，说："他娘的，四类分子都不听话了，看我不揍死他，这个老家伙。"

外乡人小李不知道守仁在说什么，问："谁得罪你了。"

守仁说："得罪我，他敢，只不过是个四类分子。"

小李说："何苦为一个四类分子生那么大气。"

守仁说："上回轮到他，他竟敢不去……"

外乡人小李慢慢听明白怎么一回事了。村里有了电就可以放电影了。乡村电影一般在晒谷场放映。晒谷场不干净，每次轮到放电影，需要有人打扫。村里决定让四类分子干这活。村里共有十二个四类分子，两人一组，分六组轮流值班。开始一切正常，四类分子老老实实尽义务，没异议。但轮到四类分子滕松时，出了问题。滕松坚决不干。

守仁还在滔滔不绝地说，他越说越气愤，脸色变得漆黑。他说："他竟敢不去。我用棍子打他，他也不去，我用手抓着他的头发拖着他去晒谷场，他的头发都给我揪下来了，我一放手，他就往回跑。我用棍子打他的屁股，打出了血，直打得他爬不起来，他还是不肯去。打到后来他当然去不了晒谷场了，他不能走路了，起码得在床上躺上半个月。"

外乡人小李说："这人怎么那么傻？"

守仁说："这人顽固不化，死不改悔。今天又轮到他了，我早上已通知他扫地去，他没说去还是不去。中午我去晒谷场看了看，地还是没扫。"

小李说："他大概还是欠揍。"

守仁说："如果三点钟他还没去扫地，我会打断他的腿。"

萝卜听了守仁和放映员小李的对话就神色慌张地跑了。他来到晒谷场，晒谷场上已放了一些条凳，有几个孩子正在晒谷场中间的水泥地上玩滑轮车。那个叫滕松的四类分子不在，另一个和他搭档的四类分子拿着扫把坐在一堆草上。他叫有灿，是个富农分子。他还没有开工，因为滕松没来，开工他觉得吃亏。有灿很瘦，因是四类分子，平时抬不起头，背就驼了，走路的样子像虾米一样，好像总在点头哈腰。

萝卜来到有灿跟前，有灿很远就在向他媚笑，萝卜没同他笑，一脸严肃地站在有灿前面，说："你为什么还不打扫，再不打扫天就要黑了。"

有灿眨了眨眼，说："我……等滕……松啊，可是滕松……他……不肯来。凭……什么一……定让……我一个人打扫。"

有灿有结巴的毛病,这几年是越来越严重了,萝卜听了有点不耐烦,打断有灿,说:"你不会去叫他一声!"

有灿滋地笑了一声,露出一脸嘲笑,说:"我叫他?我算什么,我又不是守仁,就是守仁也叫他不来。"

萝卜想教训有灿几句,一时想不出合适的口号,就跑开了。他预感滕松像上回一样是不会来扫地的。他想守仁肯定不会放过这人的。上回守仁把他打得浑身是血,那场面看了真的让人害怕。萝卜想守仁疯了,那个叫滕松的老头肯定也疯了。如果滕松不疯他干吗吃这样的眼前亏。

萝卜听住在城里的爷爷讲过滕松。爷爷说滕松是个国民党军官,本来可以逃到台湾去的,但他不愿意去(有人说那是因为他的妻儿在村里),就脱了军装回来了。爷爷问萝卜滕松现在怎么样。萝卜说,滕松一天到晚不说话,像一个哑巴。爷爷说,他一回来就不大说话,解放初审问他,也是一声不吭,为此吃了不少苦头。萝卜告诉爷爷,现在滕松除了骂老婆没别的话,骂老婆嗓门大得吓人。爷爷"噢"了一声,自语道,他的老婆是很贤惠的。

午后天空突然下起雨来,云层在村子的上空滚动,天空掉下来的雨滴十分粗,只是有点稀疏,西边依然阳光灿烂。萝卜希望雨下得更大一些,最好今晚的电影取消,放来放去都是老片子,萝卜已经看腻了。如果不放电影,就不用打扫晒谷场了,守仁也就不会揍滕松了。

一会儿，天又转晴了。萝卜看到守仁带着一根棍子，黑着脸来到晒谷场。守仁见有灿坐着，给了有灿一棍子。

守仁说："你他娘的还不快点扫地。"

有灿抱着头，带着哭腔说："我一个人怎么扫地。"

守仁又给了有灿一棍，说："谁规定一个人就不能扫地？"

有灿站起来开始扫地，嘴里念念有词的。守仁训斥了他一顿，让他老实点。有灿不吭声了。

萝卜看到守仁向村北走去，知道守仁一定是去教训滕松了。强牡对孩子们喊了起来："有好戏看了，有好戏看了，守仁要揍滕松了。"一帮孩子跟着守仁朝村北走去。萝卜也跟了过去。

滕松正坐在自己的屋前。他住的是平房，因年久失修，房子破旧不堪。滕松脸上没任何表情。守仁和跟在守仁身后的孩子们来到他面前，他看也没有看守仁一眼。他似乎在等待守仁的到来。

守仁走过去，二话不说举起棍子向滕松脑袋砸去。滕松的头顷刻就开了裂，如柱的鲜血把他的脸染得通红。滕松没有站起来，依旧纹丝不动坐着，任守仁打。守仁显得很激动，脸部完全扭曲了，他每打一下都要喊叫一声，然后说："让你硬气，他娘的让你硬气。"

滕松的老婆站在一边，不敢看这场面，她低着头，背对着滕松哀求道："你去扫地吧，这是何苦呢。"滕松突然站了起来，冲到老婆前面，大声训斥："你给我安静一点！"滕松的老婆吓了一跳，不再劝说。就在这时，守仁的棍子向滕松的腿砸去，啪一声，棍子打断了。与此同时，滕松应声倒在屋檐下，脑袋磕在一块石头上。

守仁依旧不肯罢休，他从附近的猪栅里抽了根木棍继续打滕松。围观的孩子们见此情景脸色变得苍白起来，好像那棍子打在他们身上，脸上布满了痛苦的神情。滕松的老婆觉得这样打下去滕松非被揍死不可，冲过来用身体护住滕松。守仁用脚踢了女人一下，掷下棍子就走了。

孩子们见守仁走了，这才如梦方醒。他们看到守仁眼中挂着泪滴，都不明白究竟发生了什么事。孩子们跟在守仁背后，发现守仁越哭越响了，竟有点泣不成声。

萝卜没跟去，他看到滕松的老婆把滕松拖进屋后木然坐在地上。萝卜见周围没人，走了进去，替滕松倒了一杯水。滕松接过水时对萝卜笑了笑。他说出萝卜爷爷的名字，问是不是他的孙子。萝卜点点头。滕松说，我和你爷爷从小在一起玩，你爷爷比我滑头。说着滕松苦笑了一下。

一会儿，萝卜来到屋外，看到强牯带着一帮孩子站在不远处。他想避开他们。强牯叫住了他。他只好过去。

强牯双手插在腰上，用陌生的眼光打量萝卜。强牯说："你刚才在干什么？"

萝卜的心有些虚，想他们一定看到他替滕松倒水了。萝卜的脸上本能地露出迷惘的神色，说："我没干什么呀！"

强牯踢了萝卜一脚，说："还想赖，我们都看见了。你为什么要讨好一个四类分子？"

萝卜知道抵赖不掉这事，他辩解道："我替四类分子倒水，我是在专他的政。因为我在水里吐了很多唾沫，还撒了尿，我是在捉弄他。"

强牯对萝卜的回答很不满意，又找不出什么理由反驳，就气愤地揪住萝卜的头发，说："你小心点。"强牯旁边的人趁机在萝卜身上打了几拳。

强牯带着手下走了。萝卜木然站在那里。他想自己的阶级立场存在问题，他不应该替滕松倒水的。但萝卜的爷爷说，滕松是个孝子，滕松母亲死时，滕松从前线逃了回来替母亲送葬，差点被他的上司枪毙。爷爷还说，从前家乡人找他帮忙，他二话不说一定尽心尽力。守仁打滕松时，萝卜挺同情他的。萝卜想自己的阶级立场确实存在问题。

当萝卜他们村真的迎来《卖花姑娘》时，已是这年的深秋了。村子里遍地都是的苦楝树，叶子早已脱落，枝丫光秃秃的，立在秋风中。天透出凉意，孩子们穿得已经有点厚了，他们在晒谷场上玩各种游戏。萝卜这天很高兴，因为终于要放映《卖花姑娘》了，他的同伴们在这之前一直不相信这部电影的存在，他们应该见识一下这部真正的电影。

午后，萝卜突然觉得有点不对劲，打扫晒谷场的四类分子一直没有出现。他意识到今天又轮到滕松和有灿打扫卫生。滕松没有出现（这是意料中的），连有灿也没有出现（这在意料之外）。萝卜觉得空气中一下子充满了火药味。萝卜想，守仁肯定不会放过他们的。

守仁叼着劣质香烟、操着棍子向晒谷场走来。守仁的脸色十分苍白，有人向守仁打招呼，守仁也没回应。守仁站在晒谷场边看了会儿，回头走了。萝卜迅速跟了上去。萝卜猜想守仁又要去打滕松或有灿了。

守仁朝有灿家走去。有灿的老婆正在晒霉干菜，见到守仁吓得篮子都掉了。守仁站在有灿家门口，吼道："叫有灿出来。"

有灿老婆颤抖着说："有灿病了呀！"

守仁说："死了也叫他出来。"

有灿老婆赶紧回到里屋叫有灿。

一会儿，有灿满脸病容，弯着腰痛苦地站在守仁面前。

守仁说："今天轮到你打扫晒谷场，你忘了？"

有灿说："我怎么会忘，但我生病了，上回是我一个人打扫的，这回应该滕松一个人打扫了。"

"我看你是想吃棍子。"守仁撩起棍子向有灿的屁股砸去，边打边说，"看你学样，看你学样。"

有灿痛得在地上打滚，抱着头求饶："别打我啊，我马上去，我马上去啊！"

守仁还是没放过有灿，继续狠揍他。一会儿，守仁才说："你说去就行了吗？你给我爬着去晒谷场。"

守仁把门边的扫把掷到有灿头上，吼道："爬。"

有灿背上扫把，向晒谷场爬去。守仁跟在后面，不时用棍子打有灿。孩子们跟在守仁后面起哄。

有灿爬到晒谷场，守仁叫他站起来扫地。有灿听话地扫了起来。守仁丢了棍子，拍拍手上的灰尘走了。孩子们依旧跟在守仁背后。萝卜想下一个是滕松，守仁要去收拾滕松了。

守仁没有向滕松家走去。有孩子问守仁："怎么不去教训滕松了。"守仁回过头来，对孩子们吼道："都给我滚！"孩子们一阵烟似的逃散了。

萝卜松了口气，想，守仁不会去打滕松了。

天开始黑了下来，露天电影马上就要开始了，村里的男女老少都搬了凳子来到晒谷场。滕松也来看电影了，他独自一个人坐在靠仓库的角落里。他腰板挺直面无表情地坐着。孩子们十分兴奋，撒着野，在人群中钻进钻出。

守仁叼着烟来了。他正朝仓库方向走来，见到滕松后就转了向，朝另一个方向走去。他好不容易才挤到电影放映机前，和放映员小李说了几句。一会儿，《卖花姑娘》就开始了。

别的孩子也看到守仁似乎在躲避滕松。强牯走到萝卜身边说："我觉得守仁他怕滕松呢。"萝卜说："是呀，我觉得很奇怪。"

一会儿，强牯疑惑地问："守仁为什么要怕滕松呢？"

萝卜无法回答强牯，反问道："你怕滕松吗？"

强牯说："这个四类分子同别人不一样，一声不吭，是有点吓人的。"

萝卜见强牯怕滕松，心中涌出快感来，突然觉得自己在强牯面前高出几分，说话也牛气起来。他说："我不怕滕松。"

强牯说："你当然不怕他，因为他收买了你。你给他倒开水，你讨好他。"

萝卜说："放屁。我没讨好四类分子。"

强牯说："那你一定也怕他。"

萝卜说："笑话，我不怕他。"

强牯说："那你敢不敢用牛粪砸他。"

萝卜说："有什么不敢的。"

村子的道路上到处都有牛粪，秋天的牛粪都风化了，结成硬硬的一块，用力掰开来，还能闻到一股青草的清香。萝卜捡了一块牛粪躲在一边，准备用牛粪砸滕松。萝卜觉得自己有点卑鄙，他心里其实是不想这么做的，他却做了，表现得还很恼火。他不想让滕松看见是自己砸了他。他躲在一旁向滕松砸去，牛粪正好落在仓库的墙上。萝卜蹲了下来，发现强牯早已逃之夭夭。

一会儿，萝卜向仓库那边望去。滕松正专注地看着银幕，神色十分悲伤，眼中噙满了泪水。显然他没注意到有人用牛粪袭击了他。萝卜看了一眼银幕，电影已进入了高潮。

他看到周围的大人们都噙满了泪水。萝卜想,这的确是一部让人心酸的电影。萝卜还发现,不但滕松泪流满面,连电影机旁的守仁也几乎泣不成声了。

1997 年 10 月

穿过长长的走廊

那一年我九岁。我和母亲去乡村小学看望父亲。那是冬天，我们刚从一个三等小站下车，走在一条乡村常见的石子路上。我和母亲每个假期都要去那里待上一个月。这是我们家的传统。

我们已走了半个钟头了。我们右边是个巨大的湖泊，湖水在冬日稀薄的阳光下闪着金光，金光不断地向远方延伸，变成白茫茫的一片，望不到头。远处的群山像是从湖中升起的巨鲸，浮在水波上面。我们的左边是田野，农人们已种上了油菜和小麦，但这些作物在严寒的摧残下显得无精打采。路边的杂草及那些带刺的藤蔓已经枯黄。远处的电线杆上一群麻雀发出叽叽喳喳的聒噪声。母亲说："张蔷，再走几分钟你就看得见爸爸教书的小学了。"其实母亲不说我也知道。

父亲教书的乡村小学就在不远处的湖边。小学的西边是一脉并不高峻的山峦，山上的植物郁郁葱葱，即便在冬日也生机勃勃。一会儿,我看清了乡村小学简陋的一角,那是北面的一排平房,掩映在一片枝丫光秃的苦楝树丛中。父亲就住在学校里。我将近半年没见到父亲了,很奇怪我总是想不起父亲的长相,但能感受到父亲的气息,能感受到父亲温暖的大手,只要闭上眼睛,我就能感受到这双手在我头上轻轻抚摸。有时候这双手也很粗暴,会在我忘乎所以的时候降临到我的屁股上。不过在没见到父亲前,我还是感到这双粗暴的手很亲切。

现在已经看见整个乡村小学了。我看到四周的围墙上杂草丛生,墙脚布满了青苔。那儿有蛐蛐和蜗牛,还有各种不知名的野花。中间是一个操场,农忙时这个操场被临时用作农人们的晒谷场,现在是农闲,操场上空无一物,只有两只篮球架孤单地立在上面,其中一只篮球架的木质篮板已破损三分之一。操场的三面是教室,教室是平房,前面有一条长长的走廊。我想起走在长长走廊上的情景,脚步声空旷而寂寥,传得很远,还能听到神秘的回声。乡村小学因为远离村庄,总是很安静,喊一声还能惊起西面山林中成群的飞鸟。

我对乡村小学很熟悉,我愿意在这里度过孤单而自由的一个月。

父亲正站在小学的门口迎接我们。我看到父亲光秃秃的头顶闪闪发光,望过去比天上的太阳还要亮。两边硕果仅存的头发经过父亲精心的护理显得油光可鉴。父亲眼睛深陷,透出教师常有的威严气质。我知道这里的学生们都很怕父亲。与往年不同的是，这次站在校门口的不只父亲一人，还站着一个女人。

这个女人身上一定有什么东西激发了我的情感。我见到这个女人，心中产生一种暖洋洋的感觉。我从小喜欢漂亮而美好的女人，见到她们总会油然生出好感，我觉得她们的身上常常有一股迷人的芳香，很远便能闻到。这股芳香会让我的身体产生轻飘飘的感觉。毫无疑问，她是位漂亮的女人，拥有牛奶一样白皙的肌肤，脸上有两个浅浅的酒窝，脸蛋丰腴而细腻；她的头发结成一根长长的辫子，辫子从她的脖子边绕过来垂在胸前；她穿着一件合体的浅棕色毛衣，衬得她胸脯的形状十分好看。她站在父亲的身边。我觉得她身上似乎存在一种光芒，把四周的一切照亮了。我觉得很奇怪，这光芒来自哪里呢？一会儿我意识到光芒来自她的眼睛。她的眼睛非常大，有点敏感，又有点多情。我无端猜测她的眼睛是很容易流泪的，她的眼光里有一种既寒冷又分明十分暖人的光亮，这种光亮在某刻看起来像闪烁的泪光。她正对着我们笑，只是她的笑容看起来显得遥远而淡漠。

母亲的敌意在空气中弥漫。父亲严肃的脸上露出谦和的笑容，父亲接过母亲手中的行李，说，来啦。母亲并没有理父亲。母亲把她的敌意撒到了我身上。母亲看到我一直看着女人，尖声道："你往哪里看，你不是挺想见爸爸嘛，怎么见了叫也不叫一声爸。"我脸红了，看一眼父亲，低下头叫道："爸。"我一边叫一边还偷看那女人。父亲摸了一下我的头，对那女人说："我儿子，我爱人。"那女人笑了笑，笑得有点高傲，她说："我姓吴，刚到这里教书。"母亲说："我知道，他爸写信告诉过我，没想到你这么年轻。"女人看了一眼母亲。母亲一定被她寒冷的眼神逼视得不舒服，低头回避。女人看起来有点不知所措，她来到我身边，伸出她那双细嫩的手，搭在我肩上，说："你叫张蔷吧？"我快乐地点点头。她牵着我的手一起进了乡村小学。我感到快乐。我很愿意乡村小学有这么一位女人。我一直有个很没良心的念头，希望自己有一位像电影里吴清华那样漂亮的母亲。我想，要是母亲换成是她就好了。我因此不愿用老师这么一个庄重的名词称呼她，我在心里叫她吴。

我们走在长长的走廊上。走廊上回荡着凌乱的脚步声。谁也没有说话，气氛有点压抑。这样的气氛让吴难受，她想缓和一下尴尬。她没经过必要的铺垫，掉过头去同我母亲聊天。吴大声地说："张师母，你们来了就热闹了，乡下太冷清了，冷清得叫人心里发慌。"母亲没想到吴会突然同她说话，吓了一跳。母亲用手拍了拍胸脯，舒了一口气说："这鬼地方，前几年还没电，现在有了电好多了。"吴说："我就怕天黑，天一黑四周只有虫子和狗叫声，所以我总是开着灯睡觉。"我见到母亲不以为然地撇了撇嘴，说："看来你胆子还挺小的。"我意识到吴在笨拙地向母亲表达热情，母亲却不领情。看来吴是个不擅长交往的人，我替吴难受，对母亲的态度感到内疚。

穿过长长的走廊，就到了父亲的单身宿舍。吴把我们送到门口，对我们笑了笑，回头走了。她的宿舍在走廊的另一头。与往年不同的是父亲的房间十分整齐，写字台上躺着几本书，书的纸张已经泛黄，却包着一个漂亮的书皮；简易台灯的灯罩一尘不染，而过去常常连灯罩也没有，灯泡裸露着；他的床也很整洁，床单不像过去那样脏。母亲看了看床底下，床底下也没有脏衣服。母亲脸上出现了讥讽的神色，她说："嚯，你爱干净了啊。"父亲说："这几天没事，把房间打扫了一遍，等你们来嘛。"即使父亲卫生搞得很好，母亲也能挑出刺来。母亲锐利的目光发现屋内的摆设同她记忆里的模样已大不相同，全家福过去是放在写字台上的，现在放到了书柜上，写字台上放照片的地方多出一面镜子；过去房间是没有窗帘的，现在窗帘已严严实实挂在那里了。母亲开始摆弄房间里的东西，母亲一边收拾一边喋喋不休。她把镜子放到书柜上，说："你还照什么镜子啊，你看见镜子里的自己不会心烦吗？"她拿起全家福，又说："你不想要我们母子俩你早点说。"父亲听得头很大，板起面孔说："你看刚见面就唠叨个没完，烦不烦啊。"母亲怔了一下，不说话了。往年父亲不是这样的，往年即使母亲说个没完，父亲的态度总是很好，还会趁我不注意的时候偷偷摸一把母亲的屁股，母亲的脸一下子涨得通红，娇嗔地打掉父亲的手。母亲喜欢父亲这种亲昵的动作，嘴上虽唠叨，活儿干得更欢。他们以为我不知道他们的勾当，我知道并且觉得父亲很下流。母亲不说话，父亲倒客气起来，父亲说："一路来挺辛苦的，你歇歇，我来收拾。"母亲依旧低头干活，眼圈泛红。母亲在家时把父亲想得近乎完美，恨不得为父亲做牛做马。每次想起父亲，母亲就会对我说："你爸的痔疮不知怎样了，每年这个时候他总要犯病，一犯连大便都拉不出来。"我觉得母亲有点死心眼，连父亲的痔疮都记得那么清楚。我并不想知道高大的父亲连痔疮都对付不了。

这天晚上，我们早早地上了床。父亲的房间很小，父亲在自己床的对面替我临时支了一张小床。房间里非常黑暗，我们谁也没有吭声。我感到某种紧张的气氛一直笼罩着这个房间。也许是因为旅途劳顿，我躺在床上就有点昏昏沉沉。在睡着以前，我坚韧地想着今天见到的那个女人，她身上那种温暖的气息润物细无声地渗入我的身体，我感到她的气息像花朵一样开放着、弥漫着，我仿佛闻到了她的芳香。我头脑兴奋，眼皮却非常沉重，在不甘中睡去了。那女人像碎片一样飞散，落入黑暗之中。

我醒来时，不知道是几点钟。夜还很深，透过窗帘的缝隙，我看到室外的光线十分皎洁。我猜想今晚是个不错的月夜。虫子在音乐般地鸣叫。对面父母的床上有一种异样的声音。我闭上眼一动也不敢动。少顷，母亲说："你别摸我，我闻到你身上的骚味就难过。"父亲说："又来了，我身上有谁的骚味啊，你不要瞎说好不好。"母亲说："还能有谁，你们俩人待在学校里，鬼知道会干出什么来。"父亲嘿嘿笑笑，说:"我可没那么好的福气。"母亲说:"这么说来你真没安好心。"父亲说:"你轻一点,会把孩子吵醒的。"母亲没理会他,依旧大声说:"我不许你碰别的女人,我就不许。"一会儿他们的床出现吱吱嘎嘎的声音。我听见母亲非常压抑的喘息声。母亲说:"你你你不要没良心。"她的声音含含糊糊,最后变成了哼哼唧唧。我轻轻地拉起被子把头蒙住。

我醒来后想到的第一件事就是快点见到吴,我怕昨天所见仅仅是个梦境,吴并不存在,或销声匿迹。早晨,我来到走廊上,看到她在走廊的那一头,正对着早上的阳光梳理她的头发。她的头偏向右侧,她的头发如瀑布一般落在她的身前。她的脖子非常光洁,有些金色的茸毛在阳光下闪烁。她发根的毛发很软,显得有些调皮。她高高地抬起双臂,一下一下摆动,乳房在她的毛衣里颤动。这情景强烈地吸引了我。我很想跑过去和她打个招呼,不过我没有找到一个合适的理由。

母亲睡了一觉后变得开心起来。她在父亲的小屋里做菜。我闻到了一股浓浓的葱香味,接着炒猪肝的气味钻入我的鼻腔。我觉得炒猪肝的气息是全世界最好闻的气息,这种气息轻而易举穿透了我的心肺,像黑暗深处传来的一串悦耳的音符,泉水一样流淌着,让我亲切得想流泪。我克制不住自己,跑进屋里,用手抓了一块吃。母亲爱怜地骂:"看你馋的。"母亲从昨天的褊狭中走了出来，她大方地对父亲说："你去叫一声吴老师，让她一起来吃吧。"父亲低下头说："她不会来的。"母亲说："要不我们拿点猪肝过去，给她尝尝。"母亲说着，从大盘子里分出一小碟，让我送去。我当然很乐意。

我端着盘子来到吴的房间。在推开她的房门之前，我心情紧张，由于血液的上涌，我有一种晕眩感。我对她的房间充满好奇，感到门后面似乎存在一种神秘的东西，不过我实在想不出具体之物，她的房间在我的幻想里昏暗而暧昧，有一种蝴蝶似的缤纷片羽在其中舞蹈。我怯怯地敲响了她的房门，里面传来一个甜而脆的声音："门没关，请进。"我推门进去前，感到有一股暖流拂过脸颊。正是中午时分，有一缕阳光从东面的窗口投射进来，如水柱一样泻在地上，我没有看到缤纷的片羽，只看尘埃升腾在阳光中，分外清晰。她的房间布置得十分简单，只有几只箱子和一张床。她的床很干净，碎花被单透着阳光的气息。吴正倚在床边看书，见我进来显得很高兴。我把一碟猪肝放在她的桌子上，准备回去。吴迅速地从被窝中钻了出来，敏捷地蹿到写字台边，打开抽屉，抓了一把糖，放到我手上。她下身穿着一条红色棉毛裤，由于天太冷，她打了一个颤。她友好地对我笑了笑，又爬到床上。她跪在床沿，整被子。她的屁股正对着我，浑圆而丰满。我闻到了她暖烘烘的体香，香味和母亲身上的完全不同，她的香味有一股生涩的青草味，清甜清甜的。我还看到她大腿处的棉毛裤有一个小小破洞。看到这小洞我感到不舒服，我觉得像她这样美好的女人是不应该穿有小洞的棉毛裤的。她整好被子，回过头来对我说："谢谢你啊。"我显得很拘谨，早已把母亲交代的话忘了，在那里呆呆地站了会儿，就溜了出来。

父母正等着我吃饭，见我回来，母亲说："怎么老半天不回来，送点东西那么麻烦吗？"我说："她给我糖吃呢。"我从口袋里摸出糖果给母亲看。母亲说："小孩子不懂规矩，乱拿别人的东西。"父亲打断了母亲的话，说："不就几颗糖嘛，有什么值得大惊小怪的。"

我觉得这个假期会比往年精彩，因为乡村小学有了吴。我很快知道了吴的来历，是父亲和母亲的交谈时我零星听到的。她是个上海知青。这就是她如此美丽和与众不同的原因。我有许多梦想，其中之一就是去一趟上海。上海在我的想象里同醉生梦死连在一起。这是我从电影《霓虹灯下的哨兵》里认识到的。我对电影中漂亮而妖艳的女特务和迷人的资产阶级小姐不怎么讨厌，我甚至希望革命者与她们谈一次恋爱。我希望吴喜欢我，我动用心计，想方设法接近吴。

接近吴并不难。她已有二十七八了，她的母性多得没处盛放呢，寂寞的乡村里突然出现一个看上去很乖的孩子，很自然会激发她的情感。

我为了博得吴的好感，露骨地拍她的马屁："你应该去演电影。"

吴听了这话，脸上展现灿烂的笑容。她笑起来眼睛眯成了一条线，她的睫毛因此显得更长了，她眼下有颗黑痣，这会儿那颗痣成为表情的一部分，显得有些调皮。她得意地看了看自己，在我面前打了一个转，笑问："是吗，做演员可要长得漂亮啊。"

"你长得很漂亮。"

她呵呵呵地笑起来。她问："小滑头，那么你看我能演什么角色啊？"

"女特务。"

我感到我的话触摸到了她的兴奋点。她的眼睛闪闪发光，样子看上去像一个比我大不了多少的孩子。她扭动腰肢在我面前走动。我知道她在学电影里的女特务。她让我挽住她的手，她从口袋里拿出一块手帕，学电影里女特务搔首弄姿的模样。她用手帕在我脸上拍了一下，发出放荡的笑声。她的样子让我感到陌生，觉得她变成了另外一个人，仿佛另外一个灵魂进入了她的身体，原有的优雅和沉静就此消失无踪。

她表演完后，似乎意犹未尽，她说："我给你看一样东西。"

她从柜子里拿出一本相册。那时照相在我们的生活中还是一件奢侈的事，我仅拍过一次照片，因此见到她的相册，我很羡慕，我多么希望有一天也拥有这么一本相册啊。她的相册很简陋，相片也不算多。她叫我站在她双腿间，她搂着我，捧着相册一张一张翻给我看。我和她靠得如此近，我的注意力马上从相册转到她身上。她的头发不时掠过我的脸，一种阳光般温暖的感觉在我心里发酵、膨胀。她的头发似那种透明柔软的水流，在阳光下生出各种奇特的颜色。她的双乳抵着我的脊背。我一动都不敢动。一直以来，我内心深处存在一种欲望，就想伏在女人的怀里。有一回我一时冲动，向母亲撒娇，在母亲的怀里乱拱，被母亲教训了几句，母亲说："都这么大了还想吃奶啊！"我如此轻易满足了这个欲望，感到一种难以言说的快乐。

　　一张照片引起了我的注意。照片里吴穿着一袭红衣，一只脚像弓一样绷着，只有脚尖着地，另一只脚像一把刀子似的直指天空，她的身子呈现出优美的弧形。我知道这是一种舞蹈，我在电影《红色娘子军》里见过。我喜欢这部电影，电影里女性优美的身段让我百看不厌。我看着这张照片，有一种电影里的事物一下子走进我生活的喜悦和浪漫。大概因为我过度兴奋，脸上荡着古怪而扭曲的神情。我就是这天知道这种舞蹈的名称的，吴告诉我，这叫"芭蕾"。吴把这两个字写在我手上。我觉得这两个词非常贴切，这种舞蹈确实就像是开放的花朵。

　　"我曾经跳过舞。"

　　我相信她说的。没学过跳舞的人是摆不出照片中的造型的。

　　大概她想证明她所说的，她放开了我，来到房间中间跳了起来。她跳舞时身体柔软得犹如没有骨头，在毛衣里面，她的身体好似一条活泼的鱼，在水中吧唧吧唧地游动。我有一种想抓住这条鱼的欲望。让我吃惊的是她这样跳着时泪水突然从眼睛里滚了出来，沿着脸颊无声地滴落在地。她的眼神和脸上的表情变得越来越遥远，充满了悲伤。我不知道好好的她为什么要流泪，我问："你怎么了？"她回过神来，赶紧擦去眼泪，说："没，没什么，只不过是想起了从前的事。"说着，她向我招手，让我过去。她先是拉住我的手，我笨拙地跟着她转圈。后来她见我转得晕头转向便抱住了我。我觉得她刚才的模样很特别，好像很兴奋又好像很沉重。因为和她肌肤相触，我整个身子发胀，同流泪前眼睛发胀的感觉一模一样。

　　父亲走了进来。父亲的秃顶闪耀着瓷器一样的光芒。我觉得他脸上挂着的笑容十分虚假。他说："小鬼，你又来调皮了，当心把吴老师衣服给弄脏了，还不快回去，你妈在找你呢。"吴说："没事，张蕾乖着呢。"父亲不肯罢休，他用开玩笑的口气对吴说："这小鬼长大了是个花佬，昨天我看到他在亲年画上的电影明星呢。"我的脸一下子涨得通红，喊道："爸，你造谣。"吴在一边起哄："张蕾，你真亲过啊？"我跺脚喊："没有。"我从房间里跑了出来。我真的偷偷地亲过年画上女明星的脸。

我回到父亲宿舍。母亲正在做针线活儿。母亲总是没完没了做针线活儿，我不知道她怎么有那么多针线活儿，母亲大概是太无聊才这样不停地干的吧。母亲见我进屋，脸上露出讨好的神色。她叫我坐身边。我很不情愿，我想去学校围墙那边捉蚂蚁，但母亲叫了，我只好坐下。母亲低着头，假装不经意地问："你在吴老师那儿？"我说："是的。"母亲又问："你爸爸也去了？"我说："他刚去，他去了我就回来了。"母亲停顿了一下问："你爸对吴老师说些什么？"我不会把父亲嘲笑我亲女明星这事告诉母亲。我没好气地说："我怎么知道他们在说些什么，我又不在那儿。"母亲沉下脸来命令我："去把你爸叫来，他总是有事没事往她那儿跑。"我站了起来，跑出房间。我没去叫父亲，去围墙那边玩了。

我回来已是傍晚吃饭时间。我像风一样穿过长长的走廊，走廊上尘土飞扬，我听到自己的脚步声鼓一样密集，引得教育楼脊檩下躲藏着的麻雀发出紧张的叽叽喳喳的叫声，有的麻雀从窝中飞了出来，盘旋在操场上空。我进屋时，父亲站着，母亲坐在床上。他们没有开灯，我看不清他们的表情。我问："可以吃饭了吗？"我迅速地开了灯，看见父亲脸色铁青，母亲则眼眶泛红。饭还没有煮好。母亲见我回来，像是终于找到了发泄对象，借题发挥起来。她骂道："你还知道回来啊，你有本事不要回来了啊。"我知道事情不妙，父母又吵架了。父母一吵架我就没好果子吃。我从小就有说话尖刻的毛病，见母亲骂我，反唇相讥："你们吵架总是拿我出气,根本没有我什么事嘛。"我说出这句话就后悔了。我看到父亲的头顶通红,像着了火,他正找不到地方发泄呢,我的这句话让父亲有了教训我的借口。于是父亲粗暴有力的大手落在我的屁股上。父亲打我总是过分用力,母亲见了就感到心痛,母亲便扑上来解救我。母亲正好需要流点泪解郁舒闷,她抱着我痛快地哭起来。我感到很委屈,哭得比母亲更伤心。父亲见我俩没完没了地哭,拍了一下桌子,吼道:"哭什么哭,我还没死呢。"每次到父亲这里,我都要被父亲打一回,没想到今年我如此早就遭遇了父亲的粗暴。

    我喜欢上了口琴发出的声音,那声音十分美妙,像是从时间深处飘来似的。那声音空旷而纯朴,带着伤感而温暖的气息。那声音让我想起黄昏、青草和天上的云彩。我觉得那声音像闪电一样把周围的一切照亮了。

    冬天的阳光总是慷慨地照在长长的走廊上面。每个有太阳的好日子,我们搬来凳子坐在走廊上晒太阳。从这里望向远处,南方冬天的景色一览无遗。东南面一望无际的湖泊像一匹光洁的丝绸,被稀薄的阳光浸染成黄色,中间点点闪耀的波光仿似一片片鱼鳞;各种各样的鸟儿在丝绸上滑翔而过,那些瞬间从高空俯冲入湖中的鸟儿犹若空中掉落的花瓣;一些渔船在湖上漂荡,渔人们悠闲地撒着网;湖边有一排柳树,柳叶全无,光秃秃的像死去了一般。视线往西移,能看到山坡上的水牛，它们在枯黄的水草上打盹。

那些年娱乐匮乏，我爸没有收音机，在乡村小学，我们和外界的联系就是小山顶上不断放送的田间广播。即便物质如此贫乏，我们也有那么一点小资产阶级情调。父亲和吴有时候会哼唱一些我从未听过的歌。那时候我的好奇心分外强，经常翻箱倒柜试图发现好玩的东西——大人们总是藏着一些让我意想不到的东西。有一天我在父亲的抽屉里找到一把口琴。我吹了一下，一股难闻的樟脑丸气息呛得我差点呕吐。我赶紧拿到湖边去洗。洗干净后我一路吹了回来。当然，我吹得不成调子。

正在阳光下晒太阳的父亲听到我的口琴声，突然来了情绪。母亲不在，吴也不在。父亲在阳光下不免有点落寞。父亲向我要了口琴，闭上眼吹出一支曲调，多年后我才知道父亲吹的是一首苏联歌曲《红梅花儿开》。吴听到父亲的琴声从宿舍里出来，她笑吟吟地站在父亲身边，注视着父亲。父亲吹得越来越有劲了。让我吃惊的是吴竟跟着父亲的音乐唱了起来：

田野小河边，红莓花儿开
有一位少年真使我心爱……

我从未有听过如此动人的歌。父亲的口琴并不高明，吴也只不过是轻轻哼唱，但在我听来犹如圣乐。四周非常安静，父亲的琴声和吴的歌声在长长的走廊上回荡。我的身心在音乐声中变得安详平和。我看到吴的表情十分生动，脸上洋溢着既甜美又带着表演感的笑容，眼神闪耀着梦幻般的光亮。她是不是觉得自己站在舞台中央呢？走廊外的晒场上空空荡荡，她的歌声因此有点孤寂，脸上的浮华也显得夸张了。父亲吹得特别卖力，头顶变得越来越亮，他微闭双眼，表情沉醉。父亲偶尔把目光投向吴，目光出奇明亮。他们的目光偶尔会相遇，吴便对父亲温柔一笑。她一笑，父亲的演奏就要出点小差错。我暗自猜测父亲是不是因差错而感到恼火。我很想把父亲的口琴要过来吹，但我不敢打断父亲，我可不愿意因为破坏他的雅兴而被暴打一顿。我还是挺羡慕父亲的，要是我也能吹出这样的曲调就好了，那样的话我就会吹给吴听了。我暗下决心一定要学会吹口琴。

远处围墙上面坐着两个小孩。是附近村庄的孩子。我猜他们可能是这个学校的学生。他们穿着乡村常见的笨重的棉袄。其中一个的棉袄已经破损了，里面的棉花从破损处露了出来。这个人的皮肤很黑，看上去像被毛主席接见的那些非洲朋友。另一个穿着的棉袄有细碎花案，基本上是新的，他头发乌黑，在南方乡村的孩子中他的皮肤显得特别白。我一时有点判断不准白的那位是男孩还是女孩，从他坐在围墙上这一行为断定他应该是个男孩。他们一直看着我们。两个小孩静静地听了会儿开始起哄，其中黑的那个站在围墙上大声唱了起来：

你的房间是黑黑的，
你的皮肤是白白的，
你的头顶亮亮的，
你喊起来响响的……

父亲沉醉的脸上呈现出惊愕的表情。父亲表情的变化仿似流体变成了晶体，惊愕在父亲脸上凝固了。父亲的眼神变得像兔子一样警觉，看着远处。音乐在这时候停了下来。围墙上那两个孩子早像松鼠那样从围墙上跳落，一下子消失得无影无踪。父亲显得有些恼羞成怒，他放下了口琴，像一头狮子向那围墙冲去。父亲是绝不允许他的学生这样对待师长的。

吴一点也没有生气，竟笑得前颠后倒。我想不明白为什么孩子们的脏话会让她感到有趣。是孩子们的脏话也拨动了她某一个兴奋点吗？她的笑驱走了她眼中的寒意，她的脸上呈现某种既妩媚又傻里傻气的神情，她身体的线条在她笑的时候变化无穷。我觉得她有一个会说话的身体，这身体有很强的亲和力，我没想到她从后面抱住了我，她的头发落在我的颈部，弄得我脖子很痒。我的身体有点僵硬，只好跟着傻笑。她的毛衣很温和，我想这是她一直站在太阳下面的缘故。后来她带我去她房间玩了。

当我再一次走过长长的走廊时，我看到那把口琴孤零零地躺在凳子上，太阳照得口琴闪闪发光。我在口琴前站了一会儿，体验到一种曲终人散的伤感气息。我拿起口琴往宿舍跑。我一边跑一边用口琴吹出那种悠长而明亮的调子。单调的音阶在寂静的乡村小学回荡，我感到莫名悲伤。

我回到家，母亲正木然站在窗口，脸色发青。我说："妈，你在看什么？"母亲没有吭声。我走到窗边，发现从这里正好可以看到我们晒太阳的位置。可那边早已没了人，有什么可看的呢。我于是不以为然地吹了一下口琴。母亲突然发火了，她骂："你吹什么，别在我前面吹，你们到那个烂货面前去吹，你们最好不要再回来。"我被母亲骂得不知怎么办好，几乎是本能地问："谁是烂货？"母亲说："你瞧瞧她，身子软得像是没一根骨头，胸脯挺得像座山，你说她不是烂货是什么？"

母亲的话丝毫不会影响我对吴的好感。我一次一次穿过长长的走廊奔向吴的房间。我在她的房间里迷失了方向。我想在她房间睡上一觉，这个念头几乎进入了我的血液，让我不能自拔。可是我没有光明正大的理由提出这一要求。为了打发漫长的冬天，每天下午吴也进入了冬眠，她一般整个下午在床上度过。每次她准备上床时，我便知趣地离去。我有千万种不愿意，频频回头，留恋地把目光投向她的床。

有天中午，我又来到她的宿舍。门虚掩着，我推门进去。她不在。我不知她去了哪里,坐在屋里等她。床上被子凌乱,我走过去一摸,被子是热的。我知道这是她留在被子里的余热,来自她身体的热量。我幻想余热就是她本人,便俯身把脸贴上去。我贴着被子,心中温柔如水。她的形象在脑子里飘来飘去,美好、热烈,像天空闪过的弧光。后来我索性和衣躺到床上去了。如果她进来的话,我会假装睡着了。如果她把我弄醒,我会向她解释,因为父亲要打我才逃到这里来的,等她不来就睡着了。

不知过了多久,我听到开门声。吴回来了。我赶紧假装睡着。她看到躺在床上的我,轻轻地唤了我三声。我没有吭声。她回头关了门,在床边坐下。她用手抚摸了一下我的脸。我感受到她手中传达出来的慈爱,我因此而感动,同时为自己阴谋得逞而庆幸。我如果不努力克制,我会笑出声来,我太快乐了。她替我脱了鞋子,让我整个儿躺在床上,还给我盖上了被子。她自己也脱了衣服,钻进了被窝。她在床上坐了一会儿,然后脱去毛衣,里面穿着一件衬衣,衬衣有点小,衬出她饱满的乳房,看上去特别丰满。她是不是感到乳房太重,用手托了它们一下,接着她把手伸向颈部,搔背部的痒。她搔痒时胸脯大大咧咧地颤动。她钻进被窝,睡下。她很自然地抱住了我,用脸贴着我的头发。我一动也不敢动。我感到了她的身体是多么柔软,而我犹如浸泡在温暖的水中,有一种被融化的感觉,内心宁静,一种想流泪的宁静。

她就这样长时间地搂着我。后来她的手渐渐地松弛了,鼻息变得均匀。她睡着了。我没有一点睡意。我睁开了眼，仔细看她的身体。我涌出不可遏制的好奇心。一直以来，我对女人们的乳房怀着温馨的联想，这东西既让我困惑同时让我平静。我没有见过它们。现在它们就在我眼前，我能看一看它们吗？这个念头占据了我的思想。她睡得很沉，我轻轻地掰开她的衬衫，扣子扭开的瞬间，衬衫很有弹性地挤向两边，我看到眼前雪白一片，那隆起的部分像水一样光滑、柔软、富有弹性，我忍不住用一根手指按了一下，并迅速地缩回来。我觉得手中有一种滑腻的感觉。这时她的手传来力量，搂紧了我，我的脸埋在她乳房中间，几乎不能呼吸。我担心她醒了，抬头瞥了她一眼。她的眼睛闭着，我想她还睡着。

　　那天下午，她醒来已是黄昏，我早已扣好了她的衣服，她不知道我偷看了她的身体。她醒来脸红红的，平时懒洋洋的身体变得很振奋。我不知道是不是睡一觉让她精力充沛了。她从被窝中钻出来时没穿衣服，灵活地跳到床下，从床下拿出一只痰盂，扒下裤子小便起来。我听到一股激流强劲地冲击着便桶。听到这声音我的汗毛全竖了起来，不禁打了个激灵。我跟着从她的床上跳了下来。我没有想过能够再次睡到她的床上。第二天下午，吴在走道上看见我，把我叫住，让我同她一起午睡。我当然愿意旧梦重温（昨天下午的经历让我有一种梦幻般的不真实感）。我打算好好研究一下她的乳房为什么那么大。

母亲变得不可理喻起来。也许是太无聊,母亲越来越频繁地要求我陪她。我陪她时她话特别多,总是不厌其烦地问关于吴的问题。她问:"吴老师为什么假期不回上海?她在上海没有亲人啊?"我无法回答,做出爱理不理的样子。有时候我也会呛母亲几句:"我哪里知道,你不会自己去问她。"我知道母亲不会去问吴,母亲每天把自己关在屋子里,像鬼鬼祟祟的巫婆。她还想把我也关在屋里。我人在母亲身边,心早已飞到吴的房间里了。我觉得母亲苍老、迟钝,衣服也不讲究,我有时候很没良心地认为她不配做我的母亲。母亲要是及得上吴一半美就好了。

有一天母亲打听到了一些关于吴过去的事(我怀疑她是从乡村医院里听来的)。她见到我,兴奋得不得了。她高声说:"儿子,你知道吴是什么东西吗?我说得没错,是个骚货。猜猜她是怎么当上民办教师的?"我摇摇头。母亲说:"同人睡觉。"我问:"同谁啊?睡觉是什么了不起的事吗?"母亲说:"这种事我不能说给小孩子听,你应该知道坏女人才同人睡觉。"我觉得母亲的话意味深长,似乎在指责我,因为这些天下午我都睡在吴那儿。母亲怎么会知道这事呢?我有些坐不住了,找了个借口想溜出去。母亲冷笑道:"我知道你去哪里,你们父子俩总往她那里跑,我告诉你,老同女人在一起,你将来也会变成一个女人。"我没好气地说:"我巴不得自己是个女的呢。"母亲说："看你没出息的样子。"

我和吴在走廊上活动腰肢。她活动腰肢时哈欠不断。她是一个睡不醒的人吗？我觉得她的确是个懒人，她床下放着很多脏衣服，她说天太冷懒得洗。她打哈欠时胸脯就挺了出来。我对她的胸脯很熟悉了，趁她睡熟时我仔细看过。一次当我把她的衬衫扣子扭开时，她突然咯咯咯地笑了出来。我惊慌得不知如何是好，我恨不得钻到地下去。她没有怪罪我，只是笑个不停，说："你是个小坏蛋。"然后她抚摸了一下我的头。这之后我再也没看过她的乳房，倒不是我担心她骂我，我在她面前装得很老成，也很放肆，说话的口气很大。我们在走廊上做广播体操时，我对吴说："注意你的动作，不要这样懒洋洋的。"

父亲朝我们走来。父亲走路的样子很落寞。父亲不睬我，甚至看也不看我一眼，好像我并不存在。父亲严肃的脸上硬挤出了笑容，对吴说："西伯利亚的冷空气南下了，听说会下雪，得加衣服了。"吴笑了笑。我对父亲在我们中间插上一杠很不满意，我不顾父亲在和吴说话，拉着吴的手往走廊那头走，吴面朝着父亲，被我拉得倒退着走路。吴一边后退一边笑。吴的笑声激发了我，我变得更为大胆。我有一种在父亲面前显示和吴亲密关系的冲动。我把吴的双手放到我的肩上，打算背吴。吴领会了我的意思，笑问："你想干什么，你背得动我？"我硬充好汉，吴佯装背在我身上，实际上脚并没离地。我背着吴跟跟跄跄地前行。父亲感受到了，站在那儿，脸色变得越来越严厉。一会儿父亲恨恨地走向自己的宿舍。

我回家时父亲的脸还黑着。母亲脸上露出不以为然的笑容。我知道这时候还是小心为妙。吃晚饭时，我主动为父亲盛饭。我因为心里紧张，把饭碗捧给父亲时，饭碗鬼使神差地从我手中滑落，米饭撒了父亲一身。父亲顿时发作。父亲骂："你玩得魂都没了。"说着给了我一记耳光。我放声大哭起来。母亲见状一把抱住我，说："碰了钉子也用不着拿孩子撒气呀。"父亲越发恼怒，一把掀翻了饭桌，吼道："不许哭。"我吓了一跳，马上止住哭。我感到十分委屈，觉得大人们都是蛮不讲理的人。母亲看上去也很委屈，开始收拾一地的碗碟碎片，眼中噙满泪水。父亲黑着脸坐在那里，不过脸色已经松动了，浮现出些许的愧疚。

我听到长长的走廊上传来脚步声。我知道吴正在朝我家走来。吴大概听到了我们家的吵闹。我就像找到了依靠似的，心里涌出满腔的委屈来。等会儿见到吴我会哭吗？父亲对母亲说："小吴来了，快点收拾干净。"父亲从墙角拿了土箕和扫把，一起打扫地上的残物。母亲赶紧擦了泪水，脸一下子变得镇定。他们刚收拾完，吴就到了。

母亲热情地迎了出去。吴问候道："吃了没有？"母亲说："吃了吃了。"父亲站起身说："坐，坐。"吴走到我前面，抚摸我的头，问："晚上吃了什么？"这一问让我心头发酸，哇地哭出声来。吴说："哟，张蔷，你怎么啦？"母亲说："没什么,小孩子调皮,他爸说了他几句。"吴说:"张蔷不要哭,张蔷是男子汉了怎么还哭呢。"我怎么能止得住呢,要知道对着一个你乐于亲近的人哭泣是多么快乐。我指着父亲说:"他打我。"我的手抚着面颊,含义十分明确,父亲刚才打了我耳光。这算是告状吗?父亲突然生气了:"我看你这几天玩得魂都没有了。"父亲又要打我,我躲到吴后面。吴用身子挡着父亲,对母亲说:"这样吧,我带张蔷去我那儿待一会儿。"母亲说:"你看他脏成什么样了,会把你宿舍弄脏的。"吴说:"没关系,没关系。反正我一个人也冷清,张蔷正好可以陪陪我。"

乡村小学来了一队宣传队,他们是附近村子的村民。他们来这里是为了请吴教他们跳《打虎上山》中那段在雪地穿行的集体舞。春节快要到了,村里决定在那个由庙宇改造而成的社员俱乐部演这出革命现代京剧《智取威虎山》。唱腔是不成问题的,那个年代人人会唱《智取威虎山》。当然不是唱得那么入味,不过管他呢,反正图个热闹。往年演出,舞蹈场面一律从简。今年村里人听说乡村小学的吴老师会跳舞,于是前来请教。操场上一下子来了十多位青年男女,他们把自己的脸涂得通红,显得喜气洋洋。他们对吴说,支书说了,重在参与,多几个人去台上蹦跳蹦跳,翻翻跟头,热闹。

我站在操场边看吴教他们跳舞。吴今天显得特别兴奋,神情飞扬，一扫往日沉静而忧郁的气质。她教跳舞时眼神坚定，她先做了个单腿独立的动作，然后要求小伙子们照着做。一排小伙子于是全单腿独立，做飞翔状。他们的腿是劳动人民的腿，上翘时弯得不成样子，不像吴的腿直得仿佛一把出鞘的剑，直指苍天。吴试图纠正他们的姿势，要他们伸得尽可能地直。吴一摸他们的腿，他们便憨笑起来。吴一点没有老师的样子，也跟着开心地笑。小伙子们胆子就大了，他们故意把动作做得不成样子，好让吴过来单独指导。吴指导他们时，他们故意装作失去平衡，让身子靠向吴。吴并不介意，反而发出咯咯咯的笑声。他们学跳舞的时光，操场上笑声不断。附近乡村的小孩来操场上看热闹。他们一边看一边叽叽叽地笑个不停，好像见到什么滑稽的事情。我很想认识他们，我希望在乡村小学交到朋友。我不知道他们友不友好，没敢过去。

我不想让小伙子们占吴的便宜，几次来到吴身边，不让小伙子们靠近吴。吴觉得我碍手碍脚的，让我走开。我对吴很不满意，觉得吴很傻，很生她的气。特别是她不时发出的咯咯咯的笑声，我听了刺耳。我甚至想走过去在她的屁股上狠狠踢一脚。

几天以后，学跳舞的小伙子们走了。乡村小学重归宁静。吴显得很失落，教跳舞时的飞扬神采很快隐退了，热闹后残留在她脸上的痕迹让她看起来更加寂寞。她梦游似的在长长的走廊上来回走动，一边走一边轻声唱着一首不知名的歌曲，好像此刻她正站在舞台中央，面对着无数观众歌唱。我忽然觉得她有些可惜，在这个闭塞的乡村小学里，她即便像吴清华一样会跳芭蕾，也没人在乎她。我原谅了她这几天的行为。

她见到我，神色茫然地对我说："过去人人都说我会成为一个舞蹈家，可我来到这样一个山沟里。我本来是去部队的，通知下来后，另一个人顶替了我，我便来到这个鬼地方。如果我在部队，我一定会得到很多鲜花和掌声。"

天越来越冷了，气象预告说这几天会下雪。鸟儿们每天傍晚总是早早地进了窝。附近乡村的孩子们在这样的夜晚拿着手电筒去屋檐或树上掏鸟窝。长长的走廊的屋檐下有很多鸟窝。一天晚上，我听到走廊上满是孩子们的脚步声和说话声。这样的晚上我怎么睡得着呢？我恨不得从床上爬起来去与他们为伍。父亲不会同意我这样做。我只能躺在床上，想象着外面的一举一动。过了会儿，我听到走廊上的脚步声渐渐消失。我一个晚上没有睡着。

天一亮我就起床了。屋外银装素裹，一片洁白。昨晚真的下雪了啊。我沿着长长的走廊跑，清脆悦耳的脚步声，在这个雪天的早晨回响。远处村庄十分安静，村里人家屋顶上的烟囱冒着白烟，零星有几声狗吠，三下两下的，又倏然消失。我看到走廊上到处都是鸟窝与破碎的瓦片。几只鸟蛋碎在地上，蛋黄已结成了冰，发出鲜嫩的黄色光泽。我涌出一种局外人的遗憾，深感孤独。我多么想在黑夜中像电影里的日本鬼子进村一样把鸟窝全部捣烂啊。也许我应该去附近的村庄玩，去结识他们。我边想边从长长的走廊上穿过，我看到原本空无一字的黑板上写着两排字。我走近一看，顿时气得发昏，又感到无地自容。黑板上这样写着：

吴丽媚，奶子大
和张老师一起搞腐化！

我知道这一定是昨晚孩子们留下的。我自然也知道这个吴丽媚就是吴的名字，而那个张老师就是我的父亲。

我的第一个反应是赶紧用手把黑板上那些该死的字擦去。我一边擦一边还朝四周看，样子都有点鬼鬼祟祟的了。我知道黑板上写的事是见不得人的，我有一种强烈的刺痛感和羞耻感。为什么他们要这样写父亲呢？难道父亲和吴真的有关系吗？我感到许多事情都在暗合我的想法。为什么父亲老是往吴那里跑？为什么父亲和母亲总是吵架？不过我无法以此判定。我不知道应该怎样面对这件事。我甚至有点恨父亲，如果父亲真的和吴有这种事，父亲就是一个流氓。

我开始审视我和吴的关系。我突然有点讨厌吴了，自从她和那些乡下小伙子们打闹过以后，我已经不像从前那么对她好了。吴依然对我很好。为什么吴对我那么好？这里面有原因吗？我的想象越来越不着边际，我甚至想到我可能是吴生的。这个念头竟让我有些激动。我真的想成为吴的孩子吗？

自从看到那两行字，我的思想进入黑暗之中，我觉得有一些事情正在悄然发生，我本能地感到这些事情于我不利，我心动荡，产生了不安全感。我变得沉默寡言起来。我再没理睬父亲。我不像从前那样崇拜父亲了。我感到母亲很可怜，为她难过，尽量陪陪足不出户的母亲。母亲对我近来的变化有所察觉。有天她冷不丁问我："这几天怎么啦，怎么这么安静，太阳从西边出来了呀。"母亲对我能够陪她很满意，她从口袋里摸出一毛钱，让我去买一只咸饼吃。我接过钱没马上跑到乡村供销社买饼。我很想知道我是怎么出生的，我不知道怎么问这个问题。我不声不响坐在母亲身边。

母亲见我不吭声就来摸我的额头。她问："是不是病了？"我摇摇头。我假装看着窗外，含糊其词地问："妈，我是你生的吗？"母亲吃了一惊，说："当然是我生的，不是我生的你能是谁生的？"我说："你怎么证明我是你生的。"母亲拿正在缝补的衣服打了我一下，骂："不用证明你也是我的儿子。"我说："你不证明我就不是你生的。"母亲见我如此固执，哭笑不得，她说："你这孩子是不是中邪了。"

母亲开始讲述她的生育史。母亲说我刚生下来只有四斤重，并且皮肤皱得像树皮，又黑又丑。母亲说："我花了那么大力气，吃了那么大的苦竟生出这么难看的东西。"医生把我抱给母亲看，母亲一点也没有激动，除了担心能否把我养大，脑中一片空白。母亲说："当时你父亲不在我身边，他就在这个该死的地方。"母亲愤愤不平起来。母亲说："我养你这么大，我不容易。"

我只能相信母亲说的话，并且内心踏实。我此时才知道我并不想成为吴的孩子，而愿意为母亲所生，母亲虽不漂亮但我爱她。我开始替母亲干家务，陪母亲说话。母亲明显地高兴起来。

整天陪着母亲究竟是无聊的。吴那里我是暂时不想去了。我想去附近的村庄看看。这几天我脑子里老是想着黑板上的那几行字。是谁写的呢？那些孩子为什么要那样写？我觉得应该了解事情的真相。我渴望洞悉成人世界的秘密。成人世界远没有我看到的那么简单。

沿着西山边的小路可以到达那个村庄。村头有一棵老香樟树，香樟树旁边是一排粪坑。雪还没有完全融化，我看到不远处有两个男孩在玩耍。我记起来了，那天父亲吹口琴时，那两个孩子坐在围墙上向我们大喊大叫。他们正站在一个用石头垒起的高坡上，坡大约有一米高。我想他们是在用往下跳的方式比试勇气。那个皮肤黝黑穿着破棉袄的男孩嗵地跳了下来，稳稳地站在雪地上，然后他叫嚷着要上面的人往下跳。那个穿着碎花棉袄的白皮肤男孩不敢往下跳。那衣着破烂的骂道："你他妈跳啊，胆小鬼。"白皮肤见有人走来，赶忙从坡上爬了下来，讨好地对衣着破烂的男孩说："他就是张老师的儿子。"他们叉着腰充满敌意地看着我。我见他们不怀好意,站在远处看着他们。白皮肤耀武扬威地走到我跟前,质问我:"你来干什么?"我没理睬他,这个人胆小得连这点高度的坡都不敢跳,我懒得理他。为了证明我的胆量,我不声不响走到坡上,闭上眼往下跳。我跳得很不好,落地时没站稳,手按在地上时被一颗尖锐的石子刺中,手掌擦破了。我强忍着痛站了起来。

我站在那里,对他们说:"你们看,我有两个滑轮,我知道你们很想有一部滑轮车,我可以送给你们,但你们得到它们是有条件的。"两个孩子看到滑轮,脸上露出贪婪的表情,他们不停地咽口水,等着说出我的条件。我见效果很好,又说:"我的条件是告诉我是谁在黑板上写了我爸爸的坏话。"两个孩子听了我这话,松了口气,他们走了过来,样子很憨。白皮肤从我手中拿过滑轮欣赏起来,他大概有点不相信我会把滑轮送给他们,白皮肤说:"我们告诉你,你真会把滑轮送给我们吗?"那衣着破烂的听白皮肤这么说很不耐烦,一把从他手中夺过滑轮,对我说:"我知道是谁写的,花枪,是花枪写在黑板上的。现在我告诉你了,这滑轮就归我了。"

一会儿,我知道了那上衣破烂的男孩叫强牯,那白皮肤叫萝卜。

萝卜说:"你想找花枪打架吗?你肯定打不过花枪。"我说:"我不同他打架,我只是想问问他为什么要写我爸爸的坏话。"萝卜的脸上露出不以为然的表情,他撇撇嘴说:"喊,这有什么可问的。"

花枪在村边的山坡上放羊。向阳的山坡上雪已完全融化了,地里已长出点点绿色野草。我远远见到花枪,花枪很瘦,但很高,万一打起来,我肯定不是他的对手。我隐隐有点担心。

强牪、萝卜站住了。萝卜对我说:"你自己去吧,你去问他,我们不去了。不要对花枪说是我们领你来的,他很凶,要揍我们的。"

他俩找了个地方躲了起来。我被他们搞得很紧张,不过我没有退路,总不能临阵逃跑吧,那我一点面子也没有了。

我鼓起勇气朝花枪走去。花枪见有人向他走来,眯眼打量。花枪问:"喂,你是谁?"我说:"我是张老师的儿子。"花枪笑了:"噢,你就是那个搞腐化的人的儿子啊。"我质问:"你为什么要讲我爸爸的坏话。"花枪说:"这是事实啊。"我说:"你造谣。"花枪:"你爹他妈真是个流氓。"我不能让花枪骂我爸,我有点自不量力,反唇相讥:"你爹才是个流氓!"花枪一听就火了,迅速来到我面前,踢了我一脚。我知道打不过花枪,还是从地上捧起一块比我还重的石块,摇摇晃晃地冲向花枪。这下花枪动怒了,他把我按倒在地,用脚狠狠地踢我屁股。我不争气地哭了,边哭边说:"你为什么要造谣,你为什么要造谣。"花枪不屑地说:"你喊什么,我不但看到你爹搞腐化,我还看到吴丽媚洗澡呢。"说着花枪又踢了我一脚，牵着羊走了。

等花枪走远，萝卜他们围了过来。萝卜说："我告诉过你，你要吃亏的。"我没吭声，摸了摸屁股，屁股传来麻木的疼痛。

我感受到一种前所未有的孤独。我有一种被遗弃的感觉。也许是因为挨了花枪揍的缘故，我的心情异常恶劣，看什么都不顺眼。我十分讨厌父亲，对吴也没有好感，也不耐烦母亲。

在冬天稀薄阳光的照耀下，雪正在慢慢融化。我看到围墙那边的杂草发着金黄的光泽，沿围墙而上的爬山虎缠绕不断，藤蔓不再是那种青色，而是变成了红色和黄色。整个乡村小学显得颓败而破落，散发着腐烂的气息。我呆呆地看着远处的景物，对成人世界感到困惑。成人世界神秘莫测，一如眼前的景物腐朽而垂死。

我越来越沉默寡言，有时一天不说一句话。有一回我听到父母在私下议论我。母亲说："这孩子这几天怎么啦，神经兮兮的。"父亲说："小男孩都这个样子，你不要大惊小怪的。"母亲说："你当然不会注意他了，鬼知道你在注意什么。"

母亲说得没错，鬼知道父亲在注意什么。我要为母亲做一些事，把父亲看死。我不希望父亲背着母亲真的干出那种丑事。

我心里对吴的态度十分复杂。我对她产生一种怪异的愤怒，我决不允许她对母亲造成伤害。然而另一方面我还会不时想起吴，惦记吴。我忘不了她身上的气息，那种令我感到暖和的气息。她也确实喜欢我，待我很好，她看着我时，那双平时看起来孤傲的眼睛会突然变得很单纯。不过也许她只把我当成一个玩具。

有一天，我站在走廊上，她向我走来。我心里有一种难言的恐惧和隐隐的快感。我不知如何面对她。我肯定不会像以前那样对她好了，可是我感到自己难以拒绝她。她的脚步声分外刺耳，嘭嘭嘭地直震我的耳鼓。脚步声在长长回声的伴奏下，一步一步地接近我。我的心正在慢慢变软。

她问："呀，这几天你去哪里了？我到处找你。"我沉默，没看她一眼。她没介意我的态度，继续笑吟吟地和我说话。她自我感觉一向很好。她说："怎么啦，傻啦？"她来摸我的头，我扭头让开了。她问："这几天怎么不来我这里玩？是不是你妈不让你来？"这话触动了我的神经，我猛地推开了她，说："不是我妈不让我来，是我自己不想来。"她很吃惊："为什么？我亏待你了吗？"我言不及义地说："我老是同你在一起将来成不了男子汉。"她突然大笑起来，笑得眼泪快流出来了。她说："小伙子同姑娘在一起才能成为男子汉呢。好了，我的小伙子，我给你吃好吃的。"

鬼使神差，我又来到她略显阴暗的房间。她房间里有一股让人晕眩的暖流，我产生了一种轻飘飘的上升的幻觉。她学着我的腔调说:"我的小男子汉,我困了,想睡会儿。"她在我面前脱衣服。我看到她里面穿了一件三角裤。她的大腿修长匀称,皮肤细腻光洁。她的衬衫很长,把短裤遮盖了。她钻进被子,直呼冷。她看着我,说:"你不想进来陪我睡一会儿?"我艰难地摇摇头。她说:"你的身体很烫,这鬼天气,太冷了,被窝半天也热不过来,你知道吗,女人怕冷,屁股和腿像冰棒似的。"她傻傻地笑起来。又说:"现在你知道我为什么喜欢你睡在我被窝里了吧,你是我的小暖炉,你钻到被窝里,一会儿我就热了。"她把我拉到身边,替我脱去了衣服。不知怎么搞的,我一点反抗的力气也没有。我思想上觉得不应该重蹈覆辙,我的身体却很听话。我钻进被窝,她让我贴着她。她的屁股确实很冷,脚趾也很冷。我仿佛在尽义务,要把她暖过来。我从后面抱着她。她的肌肤滑腻腻的,整个被窝都充满了她的体香。我们就这样一动不动地睡着。就像她说的,我可能真的很热,一会儿我出汗了。

我的脑中杂念无数。为什么男人和女人要结婚呢?她们结婚后为何要睡在同一张床上?我想起我小床对面父母的勾当,父亲喜欢抚摸母亲,抚摸母亲的屁股和乳房。我觉得这一切一点都不美好。父亲也抚摸过吴吗?父亲摸吴时吴也像母亲一样喘息吗?我不敢想下去。我突然对吴产生了一个恶毒的念头,我要像父亲那样摸摸她的屁股和乳房。我的手朝她的衬衫里伸去,快要碰到她的乳房时,犹豫了一下。这时她的手伸过来,捉住了我。我原以为她会把我的手从她身上挪开，谁知她把我的手送到她的乳房上。她的乳房异常柔软，这让我猝不及防，我不由得想把手缩回来，她牢牢地抓住了我，按着我的手在她的乳房上揉动。一会儿，我手中的东西发生了奇异的变化，变得越来越结实越来越饱满。她一直闭着眼，我不知道她是睡着还是醒着。她的面孔潮红，相当动人。我感到十分害怕又舍不得离开那地方。肉体的欲望是没有的，我只是喜欢她的身体，喜欢她裸露在外的形态，我对她的身体有种莫名的羡慕。我希望自己也拥有这样美好的身体，希望自己是一个有着长长秀发、大眼睛、大嘴巴的女孩。同时我对自己干的这事十分不安，内心有一种强烈的羞耻感。

我已记不清是什么时候结束这个游戏的。那天她醒来后，没有任何异样，好像什么也没发生。她给了我一大把糖，五颜六色的，像一群奇特的精灵。我迟疑地接过糖。

我走出她的房间，看着冬日阳光下的植物和建筑，心里产生了一种奇怪的感觉。我觉得刚才的一切像个可怕的梦。我琢磨她所有的反应，觉得不可思议。我的思想陷入无边的黑暗之中。我刚才做了什么呀！大人们结婚都是这样吗？难道就是这样让一个女人有了孩子？那么她会不会生孩子呢？如果她有孩子怎么办？谁做孩子的爸爸？我吗？但我没见过像我这么大的爸爸。我突然觉得肩上的担子骤然加重了。

我对自己很生气。我厌恶自己刚才的行为。我在黑板上写道：

张蔷是个流氓！

是个混蛋！

然后我又迅速地用手将字擦掉。

我觉得一定有一些难以启齿的事情正在发生发展。我无法把握，非常担心。我很想问母亲小孩子是怎么来的，但我又怕母亲知道我的秘密。四周安静极了，安静得令人心烦。孤独与无助纠缠着我。我渴望自己快快长大，成为一个顶天立地的男子汉，懂得世上所有的事情。

这几天，由于那种无法把握的愁绪积压在我心头，我无暇顾及父亲的行为了。我觉得自己变成了一只东撞西窜的没头苍蝇。那天以后我再也没去过吴的房间。

有一天，我走在长长的走廊上时，听到吴的房间里突然传来放肆的笑声。我不知吴在干什么，好奇心驱使，我悄悄来到吴的门口，透过门缝我朝里面张望。

我一眼认出那个背对着我的男人是父亲。父亲站在吴的背后，他的手在颤抖。一会儿，父亲在吴的肩部抚摸了一下，吴发出轻佻的笑声。父亲似乎勇气大增，他的手向下伸展，放到吴的乳房上。吴突然不笑了，她抬起头，闭上眼睛。我看到父亲明亮的头颅俯伏下去。

我甚至想也没想，本能地敲响了门。一会儿门开了，吴红着脸站在我面前。我看到父亲气馁地站在那里，有些不知所措。我拉起吴的手，说："快去看，有人从湖里钓到一只大乌龟。"

我对父亲的行为非常失望。父亲的形象在我心里轰然倒塌。我把所有难听的称谓放到父亲身上。父亲真的是一个流氓啊，一个腐化分子啊，一个低级趣味的人啊。这事要是传出去，我会很没面子，母亲也会很没面子，真是丢人啊，这种感觉简直比死还难受。

父亲突然对我客气起来。父亲搔着他的光头，向正站在长长走廊上的我走来，平时严肃的面孔难得露出笑容。我发现父亲笑起来竟然很腼腆。父亲拿出一块钱，扬了扬，叫我过去。他说："拿去，过年时买鞭炮。"我不知道自己该不该拿这钱，我觉得如果我拿这钱就是失节，不拿这钱又很可惜。一番挣扎我还是拿了。我想，即使我拿了钱也不会放过父亲。

经过权衡，我意识到还是应该去吴那里。我不去父亲就要去，父亲去了这种事迟早会有人知道，并且会传到母亲那儿，母亲会受到伤害。我不愿母亲受伤。

我去吴那里的心情同以往大不一样了。我心中有了恶念。她的身体再也不会激起我往日感受到的暖意，相反激发的是我的邪恶。几乎用不着她的引导，在她睡着的时候，我主动抚摸她。我心中不是没有恐惧，我像一个在水边玩耍的孩子，担心突然有一双看不见的手把我拖向深渊。我想象自己在深渊里，我无法呼吸，在深渊挣扎，在我快没气的时候，有什么力量把我重新托出水面。我在这种窒息和畅快中上了瘾。我嗅到了某种垂死的气息，要命的是我对这气息着了迷。我是得病了吗？我想起每次在电影里看到女特务颓废的人生，我的心中涌出的不是厌恶而是向往，我向往她们脸上的疲惫和高傲，向往她们妖艳的服饰和口中的烟枪。

正当我无力自拔时，一个人的到来让我大大松了口气。

那是一个阳光明媚的日子。我的心中没有一线阳光。在我眼里一切显得阴冷而暧昧，周围的景物充满了暗示，当我注视一棵树或墙上的一个斑点，都会想到吴的身体或某个局部，这些暗示像一间漆黑房间里突然开启了一扇窗，把我的思想引向一个不真实的世界。突然窗口出现了那个人，那个人把我带回到了现实。

他是个高个子男人，肩上的包袱使他看上去更显高大。他穿着中山装，整洁而英俊。我注意到他的头发，乌黑发亮。

他来到我的面前，砰地把包袱放在地上，问道："吴老师在哪里？"他说这话时心里涌出甜蜜情感了吗？他笑得非常幸福。我喜欢他的笑，他的笑让我想起山边的牛，你只要对牛好一点，牛就会露出这样的笑来。我闻到了他身上那股火车气息。我喜欢火车气息，火车的气息里有一种令人向往而伤感的气息。我向西边指了指,说:"她住在那里。"

这个男人是吴的丈夫。

原来吴有丈夫啊!我突然有了一种解脱之感。这些日子以来积压在我心中的愁绪顷刻间烟消云散。我又变成了一个无忧无虑的孩子。

就像一滴水落入湖泊顷刻间变得无声无息、不着痕迹,这个男人进了吴的房间后就销声匿迹了。我感到无比好奇。一定有一些隐秘的我所不知道的属于成人间的事情正在那个房间里发生。我很想去看看他们究竟在干些什么。我不敢靠近。我站在长长的走廊上,心跳震天动地。那个房间给予我强烈的诱惑,又似乎在拒绝我。我突然觉得自己只不过是个局外人,吴那个房间的局外人。我虽然因此感到轻松,但我还是产生了一种被抛弃的感觉。

我孤单地立在长长的走廊上,看到不远处强牯、萝卜在玩耍。我想,算了,管他们在房间里干什么,反正不干我的事。再说,吴的丈夫来了,我就用不着担心父亲占吴的便宜了,也用不着再盯住父亲不放了。我觉得自己应该把一切忘记,和乡下孩子一起玩个痛快。

我找到强牯和萝卜。他们见到我就对我嘻嘻笑,脸上的表情有点古怪。萝卜说:"我们看见你和吴丽媚睡在一起。"我的心收缩了一下,心想,我捂得严严实实的秘密终于还是有人知道的,我该怎么办呢?我问道:"你们怎么知道的。"萝卜说:"我们在窗外看到的。"

我不想谈论这个话题，我说："你们知道吗，吴丽媚的丈夫来了。"我说这话当然大有深意。萝卜听了这话，欢呼道："啊呀，有好戏看了，他们肯定在干那事。"我说："你说什么？你说什么？那男人一来就进了吴丽媚的房间，整天关在里面，不知道在干些什么。"萝卜不屑地说："看来你是个白痴，他们在干×。"

　　强牯和萝卜的脸上出现一种意味深长的下流表情。萝卜看了看强牯，请示道："我们去看看？"强牯点点头。他们看了我一眼，没叫上我就朝吴的房间后面跑去。我跟了上去。

　　我跟着他们翻过乡村小学西侧围墙，来到吴房间的后窗。后窗已经损坏了，分明有人曾经多次来过这里。强牯攀了上去。后窗窗框下边的砖已经松动，强牯熟练地轻轻移开砖头，闭上一只眼往里瞧。萝卜在一旁催促："快，让我看一眼。"这时强牯啊的一声，从窗上摔了下来。我吓了一跳，见强牯他们翻墙跑了，我也赶忙溜掉。

　　我跟在他们后面，跑到小山林里。他们停了下来。我跑得上气不接下气。萝卜问强牯看到了什么。强牯说："他们在干啊，那男人的屁股露在外面，吴丽媚在喊。"强牯学吴丽媚的表情：翻着白眼，张着嘴，嗷嗷地叫。萝卜一脸羡慕，为自己没看到而遗憾。

　　吴的丈夫到小学的第三天，吴和她男人才从房间里出来。我父母才得以认识那男人。那男人拿着一堆脏衣服去湖边洗，都是吴的衣服。吴介绍她的男人给我父母。男人只是友好地笑。我想这是个勤快而沉默的男人。

母亲因为男人的到来莫名高兴,她执意要吴和她丈夫来我家吃顿晚饭。母亲说:"难得有机会聚在一起,应该的。"母亲打发父亲去买菜。吴大大咧咧地答应了。吴这几天精神不错,她的脸色红润。男人在湖边洗衣服时,吴始终坐在长长的走廊上,嗑着瓜子,哼着一首不知名的小调。我觉得吴像变了一个人,变成了一个俗气的小妇人。

那天晚上,我们家的晚餐特别丰盛。母亲还去供销社打了几瓶黄酒。吴和她男人早就来了。父亲拿来酒,对男人说:"坐下吃,坐下吃,乡下条件差,没什么好吃的东西。"吴坐了下来,示意男人也坐下。男人坐到父亲身边。平时生活太冷清了,难得有这样热闹,父母都很兴奋,口中滔滔不绝的。父亲对吴说:"吴老师,你该早点带他过来,都来了几天了,我们不知道。"吴看了丈夫一眼,说:"他呀,带不出来的。你看他一句话也不会说。"母亲白了父亲一眼,说:"他们小两口刚见面,久别胜新婚,有你什么事。"吴咯咯咯地笑了起来,大声说:"张师母你真幽默。"男人的脸红得像关公。

吃了一会儿,男人站了起来,捧着酒对父亲说:"小吴在这个地方要麻烦张老师多多照顾。"父亲连忙站起来,一脸严肃地说:"一定,一定。"父亲一饮而尽。母亲拉了一下父亲,说:"你慢慢喝,从没见你这么喝过,当心喝醉。"父亲没理母亲,对男人说起学校的事。父亲说:"乡下学生调皮,吴老师上课时，他们就捣蛋，搞小动作，弄得吴老师没有办法。我常替她教训那帮野小子，他们都怕我。"男人不住点头。父亲又说："一个人在外，身边没一个亲人挺难的啊。"母亲插话道："是呀，所以你要多来看看吴老师，不要让她受苦。"

那天晚上父亲真像母亲警告的那样喝醉了。父亲本来没多少酒量，那天父亲不但话说得多，酒也喝得多，酒喝到一半他就吐掉了。吴和男人只好告辞。

第二天早上，我听到长长的走廊上传来敲打之声。过去一看，见男人正在锯木头。我问他做什么，男人说打算做一个书架。说完这句话男人就不再理我了。男人一会儿凿眼子，一会儿刨木头，动作娴熟。我怀疑吴的男人是个木匠。

我对这个高大的好脾气的男人感到很亲切。这个男人解救了我，把我从深渊中捞了上来。这几天男人的眼眶比刚来时陷得深，不过他的精神很好，眼睛里满是喜悦。

我说："你瘦了。"

男人红着脸看了我一眼。

我听到远处传来叽叽叽叽的笑声。强牪和萝卜正坐在学校的围墙上往这里指指点点。他们笑够了以后，齐声喊着：

> 她是个无底洞呀，
> 你怎么填得满呀，
> 你瘦成这样了呀，
> 可她还想要呀！

男人的脸瞬间红了。他拿起一根木头砸强牤和萝卜。他俩早已逃得没踪影了。

吴也来到走廊上。她听到了强牤他们的顺口溜。她没有生气,她笑着对男人说:"这些乡下野孩子,你别理他们。"

接下来的这段日子是我在乡下最为自由最为开心的时光。我把吴抛在了脑后,把父母抛在了脑后,我跟着强牤和萝卜满山遍野地跑,学会了很多乡下孩子懂得的玩意儿。我们去山上采摘一些顽强挺立在枝头的生命力旺盛的野果子。我们还把那些残败的杂草塞在野兔子蜗居的洞穴里面,用火点燃,试图用烟熏兔子出来。真的有几只兔子从洞的另一头纵身跃出,消失在林子里。我们去林子里寻找兔子,看见兔子们轻快地在林间穿行,树叶发出沙沙沙的声音。有一只兔子跳到岩石上,竖起耳朵,警惕地听四周的动静。我们捡起一块石头向它砸去,我们砸不中它,徒劳无功。我们还赤足往泥地里走,在干燥的泥块底下寻找冬眠的青蛙,我们挖出来的青蛙在阳光下一动不动,像是死了一样。我庆幸能有这么一段粗野的无人管束的乡村生活,我长了不少见识。

我过于迷恋这种自由生活,竟不知道吴的男人已经离开了乡村小学。

要是没有那个晚上,这样的日子也许会更长久一些。那个晚上发生的一切彻底地断送了我的乡村生活。

　　由村民演出的革命现代京剧《智取威虎山》终于开演了。锣鼓声在早上已响成一片。那是演员们在热身，正式演出在晚上。由庙宇改建的社员俱乐部聚满了人群。孩子们拿长条凳子各自占了观看位置。这是乡村少见的热闹景象，到处都是孩子们的声音，他们结成一帮一伙，相互间常起摩擦，吵架打骂随时都会发生。

　　我也很激动。我喜欢这样热闹和随意，喜欢不花钱就可以看戏，我感到新奇和刺激。我也像乡村孩子一样搬了一条凳子，占了个不错的位置。

　　天黑了下来，附近村庄的大人们陆续到了。我和父母也早早地来到俱乐部凑热闹。父母一本正经地坐在凳子上。我看到一帮小伙子和姑娘们站在舞台边，孩子们都在往里挤，他们被小伙子们扔了出来。小伙子和姑娘们在打情骂俏。舞台边传来开心而粗鲁的笑声。我真希望是他们中的一员。

　　我想趁戏还没开始前同强牪他们玩一会儿。天已全黑，天上挂着一个纤细如钩的月亮，舞台灯光闪耀。有一群孩子不怀好意地看着我，对我指指点点。我只想和强牪萝卜玩，我辨认着强牪和萝卜是不是在他们中间，就在这时，让我羞耻的事情不可避免地发生了。我听到一群孩子齐声高喊："吴丽媚，奶子大，和张老师一起搞腐化！"

他们喊第一遍时没多少人注意。他们喊第二遍时，四周安静下来了。人们清楚地听到孩子们小公鸡般古怪的声音："吴丽媚，奶子大，和张老师一起搞腐化！"

人们都笑了起来。舞台旁的小伙子和姑娘们笑得更疯。孩子们受到笑声的鼓励，继续高喊："吴丽媚，奶子大，和张老师一起搞腐化！"

那些年长的农人们开始斥责孩子们。他们应该是孩子们的父母。孩子们的父母追过去，要小孩子住口。小孩子们逃散了，父母们根本抓不到他们。

我感到羞耻、愤怒又十分无助。我无法面对这一切，只好逃避。我哭着沿长长的走廊往家里跑。我听到脚步声震天动地，在幽深的走廊上回荡，嘭嘭嘭地显得浩浩荡荡。我觉得内心深处的痛苦汹涌澎湃，像水浪似的在我心中喧嚣，我被冲得七零八落，体无完肤。走廊上的脚步声越来越强大，排山倒海似的在四周回响。

母亲已经回家了，她脸色苍白，木然坐在床沿。我进去一把抱住了她。我在她怀里泣不成声。

我听到屋外的戏已经开始了，孩子们安静下来。杨子荣唱着蹩脚的京戏准备打虎上山。一切听上去是那么遥远，时光像凝滞了一样让人感到无比漫长。父亲一直没有回家。

我们家的战争就是那天晚上发生的。不知过了多久，我听到远处社员俱乐部里人群正在散去，外面安静下来。我和母亲一直坐着，没有开灯，也没有说一句话。父亲就是这个时候进来的。父亲拖着疲惫的双脚,垂头丧气地走了进来。

母亲愤然站起,用手去抓父亲的脸。父亲反应很快,捉住了母亲的手。父亲说:"干什么!干什么!"母亲挣扎,用头撞父亲。父亲仿佛有满腔怒火没处发泄似的,眼中露出凶光,他吼了一声:"妈的,看我不揍死你!"他就抓母亲的头发,打母亲。母亲哭了,边哭边骂父亲没良心。父亲也疯了,继续在打母亲。我看到父亲光秃秃的头顶上像有一团熊熊的烈火。我只觉得父亲十分可恶。我冲了上去,抓住父亲的手,狠狠地咬了他一口。父亲吃了一惊,放开母亲,不安地看我。我看见父亲的左手满是鲜血。一会儿血一滴一滴砸在水泥地上。母亲迅速抱住了我。一种令人窒息、心痛的沉默在四周弥漫开来。屋外有虫子在叫。

对我来说,这是撕心裂肺的一夜。我咬了父亲一口后,没有了主意,我被一种不安、无助、悲伤的情感控制,脑子里一片茫然。这一夜我们没睡,坐着,直到天亮。

我和母亲天一亮就离开了乡村小学。这是一种破碎而绝望的分别方式。我不时回望乡村小学,乡村小学低矮的平房看上去像一个古堡。

这以后,我和母亲再也没去过乡村小学。我也没见到过吴。吴在我们家是个禁忌,我们从未谈起过她。我不知吴后来去了何方。

几年以后我不知不觉进入了青春期,我第一次遗精就是因为某天晚上梦见自己伏在吴的怀里。随着青春的深入,我越来越频繁地梦见类似景象。我感到自己仿佛再一次进入了长长的走廊，听到了自己慌乱的脚步声在时间的走廊上一阵阵回响，在扬起的尘埃中，我看到往事像精灵一样在其中闪烁。

1999 年 1 月 10 日

水 鬼

每天晚上村里人吃过晚饭就拿着账簿到生产队队部记工分。男人干一天活是十个工分，女人是八个工分。队部灯火通明，男女挤在一块，男人趁机放肆捏女人的屁股，女人轻浮撒野，捏男人的裤裆，捏得男人杀猪似的叫。大家都起哄。队部每天晚上总是很热闹。

　　喜欢安静的男人则站在队部门外，抽自制劣质卷烟，吐出的浓烟在昏暗的路灯灯光里缠绕。门外的男人见根土朝他们走来，开根土的玩笑。他们总是和根土开玩笑。玩笑虽然隐晦，但谁都听得出来，他们在暗示根土的儿子不是根土生的。

　　最初他们开这样的玩笑时，根土没当回事。他们说得多了，根土就介意了。无论如何这话刺心戳肺。根土上完工分，不再在队部逗留，做贼一样快步地离开队部。他怕听到更难听的话。

根土家在村尾的一个池塘边，是两间旧式的木结构楼房，已十分破旧，但在这个村里，根土的家算是富足的了。根土来到自家门口，心情很不平静，为了平息自己心情，他在池塘边的埠头坐下。他想，他们为什么总是这么说呢，也许他们这么说有根据呢。这样一想，屈辱从心底涌出。

他看到自己的女人正在屋子里洗澡。女人洗澡总是不关灯，还让窗户敞开着，他们只要站在池塘边就能看到女人雪白的一段肉体。根土多次提醒女人洗澡时要关灯，女人总是把这事忘记。根土恨恨地骂，怪不得他们说我乌龟，臭娘们总是给我丢脸。

一块石头落入池塘里，溅起的水花溅了根土一身。根土猛地站起来，警惕地看周围的动静。一个虎头虎脑的孩子从池塘边的杨柳树后钻了出来。是儿子卫彪。

卫彪说："爹，你在这里干什么？我还以为是谁呢。"

根土没回答儿子的问话，说："你躲在树后干什么？"

卫彪说："爹，难道你不知道，娘洗澡时，老是有人偷看，我躲在树后是不让他们偷看娘洗澡。他们偷看，我就用石头砸他们。"

根土看着儿子，用手摸儿子的脑袋。根土在辨认儿子像不像自己，越辨认根土越糊涂。他想象儿子像福万时，儿子就像福万，额头像，眉毛像，眼睛也像；当他确信儿子就是自己所生，觉得儿子就像自己，不但眉毛、额头、眼睛像，连鼻子、嘴巴也像。他的眼泪无缘无故地掉了下来。

卫彪说:"爹,你怎么哭啦?爹,谁欺侮你啦?我替你报仇。"

根土摸了摸卫彪的头,说:"你小小年纪怎么替爹报仇呀?"

卫彪说:"谁要是欺侮你,我就用石头砸他家的瓦片,让他们家漏雨。"

根土说:"没人欺侮我,谁会欺侮我呢?"

父子俩走进自己的家。女人已洗好澡,端着一盆脏水从房间里出来。

儿子说:"娘,爹刚才偷看你洗澡。"

女人没理儿子,看着天自言自语地说:"台风季节快到了。"

根土对孩子说:"台风来了,江水就会跟着涨起来时,你福万叔叔就快要来了。"

根土不由得瞥了女人一眼。

大概刚洗过澡,女人脸色红润。她说:"福万真是个怪人,回去后也不给个音信,大半年无声无息的。"

儿子卫彪一直低着头,不看爹,也不看娘,他的脸突然沉了下来,恶狠狠对娘说:"娘,福万这小子为什么要住在我们家啊?"

女人说:"你这孩子怎一点礼貌也没有,福万叔没亏待你,每次来都带给你很多吃的,你这样叫他,太没良心了。"

卫彪说:"我才不稀罕他的东西。"

像往年一样，福万在台风季节到来之前已住进了根土家。福万不是本村的，他是一个捞船的人，以打捞那些沉没的船为生。沉了的船需要打捞上来，船主人出钱请福万打捞。村里人记不清福万是什么时候开始捞船的，只记得他每年八月就来到村里，然后住在根土家，在根土家吃住。等到台风季节过去他就走了。他刚来时根土儿子还没出生呢，如今根土儿子已经十五岁了。

福万进村时一大群孩子屁颠颠跟着他，福万每次进村口袋里都装着糖果饼干之类分发给孩子们的零食。福万站在桥头，把一把糖抛向空中。孩子们趴在地上抢糖吃。福万看着孩子们抢糖的模样，满意地向根土家走去。进屋时福万用手理了理他那头十分整齐油光可鉴的黑发。

根土的女人正在灶间，前几天她从集市买了一只鸭子，做成了酱鸭。福万没来舍不得吃，卫彪闹着想吃鸭肉，女人寻思着切一点蒸一蒸给卫彪解解馋。女人听到福万的声音，从灶间出来。见到福万，就把福万的包从肩上拿下，又替福万掸了掸身上的灰尘，说：

"来啦？根土前几天还念叨你呢。"

福万憨笑道："来啦。"

根土和儿子卫彪从田里回来，根土和儿子都见到了福万。根土态度谦和地同福万打招呼：

"福万，你来了？"

卫彪黑着脸，看着福万，好像福万是个陌生人。

女人嘱咐根土，给福万泡杯浓茶。根土应声去灶间泡茶，走路动作僵硬。

福万蹲在卫彪前，一脸的高兴，说："卫彪又长高了，像个小男人了。"

女人对卫彪说："快叫福万叔。"

卫彪没叫。

福万从包里拿出几个滑轮，说："卫彪，你不是想有一部滑轮车吗，我替你搞了三只滑轮来。"

卫彪朝思暮想希望自己拥有滑轮车，看到锃亮光滑的滑轮，他怦然心动，很想伸手接过来，嘴里说出的却是："我可不想要这东西。"

福万好像看穿了卫彪的心思，把滑轮塞到卫彪的衣袋里。一边的女人说："这么大了还是一点规矩都不懂。"

卫彪似乎不愿意听到母亲唠叨，也没道谢，转身走出屋子。

福万笑眯眯地说："小孩子都是这个样子。"

一条小河流过村头。河水平时十分平静。在台风季节水流十分汹涌，像一条追逐食物的蛇，迅速窜入江水之中。村头有一棵香樟树，卫彪发现强牯和萝卜在一起吹牛。强牯老是要挖苦萝卜，萝卜却总是喜欢和强牯玩。

卫彪向他们走去。他们看着卫彪，脸上挂着某种暧昧的幸灾乐祸的笑。萝卜显得更加夸张。卫彪反感萝卜这种自作聪明的样子。

萝卜不像强牸那样沉得住气,他说出了挑衅的话:"卫彪,听说你亲爹爹又来了。"

卫彪感到身体里的血液往头上涌,眼珠不由得绽出来。

"你说什么?你再说一遍。"卫彪说。

萝卜看着卫彪的表情,有点胆怯,硬着头皮轻声说:"听说你亲爹爹又来了。"

萝卜还没说完,卫彪已从路边捡起一块大石头,举过头顶向萝卜奔去。

萝卜见状,掉头就跑。卫彪紧追不舍。

萝卜跑进一条巷子,卫彪追进一条巷子;萝卜跑过一座桥,卫彪也跟着过了一座桥;萝卜窜进田野,卫彪也奔赴田野。萝卜又跑到小河边,却发现没处可逃了,于是只好停下来回头看着追过来的卫彪,以及卫彪举过头顶的那块巨石。萝卜脸色苍白,眼含惊恐,腿一软就扑通跪了下来。

卫彪使出所有的力气,对准萝卜,抛出石块。石块飞过萝卜的头顶,落入小河中。河水激起巨大的浪花。

萝卜吓得魂都没了,跪在那里不停地颤抖。

卫彪跑过去,给了萝卜一脚。萝卜滚入河水之中。卫彪说:

"看你下次再敢胡说八道。下次再胡说我就杀了你。"

一家人围坐在那张老式的八仙桌边吃饭。根土的女人不停地替福万夹菜,福万脸上露出憨笑。

这猪肉是福万今天早上买来的。福万注意到根土没把筷子伸向那碗肉，根土不声不响低着头吃着饭。福万往根土的碗里夹了一块红烧肉，笑道：

"根土哥，你吃。"

卫彪不客气，筷子毫不迟疑地往肉碗伸。女人见卫彪这贪相，骂：

"卫彪，你明天不做人了吗？你吃一碗饭却吃了三块肉。"

福万说："孩子正长身体呢，得多吃一点长得快。"

卫彪吃完最后一口饭，又夹了一块肉塞到嘴里，把碗一堆，说：

"福万，我要跟你学捞船。"

卫彪这样直呼其名，还是让女人既吃惊又尴尬。

根土听了卫彪的话，啪地把筷子放到桌上，把卫彪拉到门外。

根土说："你刚才说什么？"

卫彪说："我要跟福万学捞船。"

根土说："你哪根神经搭错了，好好的人不做，要去学捞船。捞船这行当是可以干的吗？这是性命活！不管水多冷你都要一个猛子扎下去把船捞回来，今天活得好好的，明天就可能出事了。这些不去说它，即使能保住命，你这辈子也完了，没人肯嫁给你，你只能一辈子打光棍，就像福万一样，做老光棍。"

卫彪说："做光棍就做光棍，我不想要女人。"

根土说:"到时候你后悔都来不及。"

福万和女人也出来了。

女人说:"根土你不要吓卫彪,他想学就让他学吧,他就一时起性玩玩,又不当真,要娶老婆的时候不干不就完了。"

福万对卫彪想学捞船一事很满意,他说:"根土哥,让卫彪学几天吧,小孩子又不当真的。"

福万又讨好地对卫彪说:"卫彪,捞船的学问大着呐。"

卫彪没理福万,对根土说:"爹,你放心吧,我没事的。"

根土生气道:"卫彪,你如果学捞船,我就不认你这个儿子,我就不是你爹。"

根土挑起放在院子角落里的肥料桶,到田里去了。

马上就要进入秋天了。这是一年中最炎热的日子。屋顶上的野草早已晒蔫,苦楝树的叶子失去了光泽,河水和江水要沸腾了,手脚伸入水中,水表面像刀子一样切割肌肤,钻心似的烫。福万开始教卫彪关于捞船的技术了。

福万让卫彪沉入水中,并用手按住卫彪的头,看时间。他的手上有一只秒表。时间过去了五分钟,福万感到卫彪的头部传来上浮的力量,福万没松手,继续按着。卫彪憋不住了,开始在水下挣扎,河面泛起巨大的水花。等到时间过去六分钟福万才松手，让卫彪浮上来。

卫彪浮上来，不住地呕吐，水夹着秽物吐了一地。因为刚才憋气，他的脸发紫，眼睛通红，溢满泪水。卫彪一边吐一边骂福万：

"你他妈想害死我呀。"

福万捏住卫彪的脊椎穴位，用力按了几下，让卫彪深呼吸。一会儿卫彪才平静下来。

福万对卫彪说："卫彪，憋气时间长很重要，这是干这一行的基本功。万事开头难，你今天在水下多待了一分钟，进步很大。憋气很难受，多练习就没这么难受了。"

卫彪白了福万一眼，没吭声。

福万说："如果你不想学，就放弃吧，你爹不想你捞船。"

卫彪说："干吗不学，我要学。来吧，我再练一遍。"

福万摸了摸卫彪的小平头，卫彪的头发硬，一根一根地直竖着。

福万说："卫彪，你的头发和我的一样硬。"

卫彪说："我才和你不一样。我的头发和我爹一模一样。"

福万说："你的头发当然和你爹一样。"

两人沉默了一会儿，卫彪说："喂，你没有儿子吧？没有老婆你当然没有儿子。"

福万笑着摇了摇头，说："干这行随时会淹死在水底，结婚就是害人。所以你爹不让你学捞船。"

江在村子的旁边。江和村子之间有一条堤坝和一片沙滩。堤坝上长满了芦竹,芦竹已经成熟,将在秋天枯黄;沙滩上种植着花生,村里人在花生地里劳作,他们必须在洪水到来前把花生挖走。江里船儿来来往住。一些水泥船没有马达,它们靠前面那艘装了马达的拖轮拉动着前行。一根长长的巨大的绳索联结着拖轮和水泥船。卫彪看到萝卜和强牯在江中游泳,他们向那绳索游去。一会儿他们攀住了绳索,水花猛地在他们攀住绳索的那一刻从他们的身体前跃起,他们的下半身跟着跃起,像水面两只飞翔的鸟。卫彪十分羡慕他们玩得这么开心,学捞船真他妈枯燥。

萝卜和强牯游回岸边,坐在离卫彪和福万不远处的一只废弃的破船上。他们朝卫彪练习的地方看,双手指指点点。卫彪猜得到他们在说什么,他们一定对卫彪学捞船一事很疑惑,他们一定在猜想,看来卫彪真的和福万关系不简单。

卫彪一想这谣言就心口发闷,气不打一处来。

卫彪对福万说:"喂,我现在可以在水下憋六分钟了,你也应该憋一下给我看看,你真的能憋八分钟吗?"

福万说:"八分钟只不过刚刚合格,我最好的时候是十分钟。"

卫彪说:"你试试。"

福万把秒表给卫彪,脱了短裤,光着屁股跳进水里。他深深地吸了口气,就钻入水中。卫彪用手按住福万的头。时间好像突然变得缓慢,正一分一秒地过去。秒表走了八分钟,福万一动不动,他的头发在水中像水草一样荡漾着。一会儿福万开始往水面上涌，卫彪使劲地用双手压住了福万的头。福万没有料到卫彪来这一手，使劲在水下挣扎。福万越是挣扎，卫彪越是按得用劲。福万的头像是被一块巨石压着，动弹不得。福万的双腿出了水面，福万的屁股也出了水面，福万的头却在卫彪的手中浮不出水面。福万使出全身的力量，试图挣脱卫彪，可他的头发被卫彪拉着，由于挣脱时过分用力，他感到头发被拉去一绺。大约过了一分多钟卫彪才放了手。福万于是像鲸一样一下子蹿出水面。水面上涌起一阵巨浪。

福万爬上岸，像夏天中暑的狗一样喘着粗气。福万一边喘息一边警惕地看着卫彪。卫彪的脸上露出诡异的微笑。

卫彪说："你憋了还不到十分钟，你也应该练习练习。"

福万冷冷地看着卫彪，那眼光十分锐利，看得卫彪心虚。

远处破船上的萝卜和强牤看到了刚才那一幕，他们正在向卫彪欢呼。

福万穿上短裤，沉着脸，一声不吭地走了。

台风到来之前总是先下小雨，雨丝细密，天地间弥漫着水汽，整个世界像是包裹在一只透明的瓶子里面，显得安静而无助。接着，风就来了。刚开始是小风，几个小时以后，风越来越大。风是从头顶上压下来的，压弯了树枝，压弯了房屋，让人想起没顶之灾这句成语。风像是一块巨大的毯子，向着村庄扑来，像是要把世上的一切包裹起来席卷而去。

不出十个小时，台风的高潮就过去了，天空一下子变得晴朗而明媚，阳光新鲜，大地上的事物肃穆安静纹丝不动。只有从那些东倒西歪的树枝及残破的房舍上可以看出刚刚过去的台风。

台风期间的瓢泼大雨不是白下的，山上的溪水变得像一条龙，直奔河道，河道流入江中，洪水就从江的上游奔腾而来。那些来不及躲避的船只在急流中横冲直撞，掌握它们方向的舵失去控制，容易葬身河底。江水流过这个村子，被一座小山挡住了，江水在此绕道而行，洪水时会在山边形成一个巨大的旋涡。船如果不避开这旋涡，会在此沉没。在此沉没的船只特别多。

捞船人福万就有事可做了。无一例外，总会有一些倒霉的船只在洪水中沉没。在阳光明媚的好日子，这些沉没的船需要像福万那样的捞船人打捞上来。

福万打捞之前照例要办一桌酒席，香是不能烧了（那被认为是四旧，是迷信），酒席还是要办，那是捞船人的规矩。福万请了村里有头有脸的人喝酒。

福万捞船的地方叫青山潭，水特别深，某个大旱之年，江里的水都差不多蒸发完了，露出了河底，只有青山潭依旧深不可测。传说青山潭潭底有一洞，连着东海，故青山潭永不干涸。青山潭是村里的一个神话，故事的源泉，激发着村里人有限的想象。

喝酒的时候，话题也是青山潭。他们总是不厌其烦地重复问福万一些问题，潭底有没有洞？洞里真的有水鬼吗？水鬼又是什么样子的？福万总是能满足他们的想象。福万已经不止一次到过潭底了，福万说，潭底是有洞的，洞里有水鬼，水鬼是白的、柔软的、滑的，它的爪子很长，力气很大。福万说，有一天他差点被水鬼拖进洞里，幸亏他逃得快。村里的人听得舌头都伸了出来。

酒席是在中午办的，喝完酒，福万要下水捞船去了。卫彪经过一段日子的训练可以下水捞船了。根土和他老婆坚决不让卫彪下水，卫彪执意要去。最后还是福万向他们保证卫彪不会有事，夫妇俩才让卫彪下水。

村里的人都来到河边看热闹。捞船是性命活，捞船人下水是没保障的，没有潜水装置，全靠憋气时间长，常常是一个猛子扎下去就再也回不到水面，永远葬身河底了。捞船的场面总是能吸引人们。午后太阳灼热，人们挤在一块，交头接耳，他们等待捞船人下水，就像等待一场大戏开场。捞船永远是一个悬念，一个生与死的悬念，就像戏中人，在大戏结束前永远不知道他们最终的命运。

福万和卫彪准备要下水了，他们在岸边做着深呼吸，好像要把天地间的氧气全部吸到肚子里。

女人一遍一遍吩咐卫彪："如果憋不住赶紧往上浮。你要跟着你福万叔,福万叔叫你干什么你就干什么,千万不要自作主张。"

卫彪听得心里冒火,说:"娘,你不要来烦我,再烦我我就留在水底不上来见你们了。"

女人一听急了,使劲拉住吊在卫彪身上的绳子,说:"你要上来啊,你千万要上来啊。"

卫彪没理睬娘,回头看了看爹。爹正古怪地看着他。卫彪向他笑了笑。爹一脸严肃,没回应他的笑。

福万和卫彪向水中走去。他们身上各自吊着一根绳索,绳索的另一头系在岸边的两根木桩上面,木桩上还挂着铃,他们绳子一拉,木桩上的铃就响了。铃响着说明他们还活着。福万把手伸到水里,掬了一点水放在胸口。水很暖和,这样的温度是适合水下作业的,在这样的水温下作业不会脚抽筋。

福万最后一次对卫彪说注意事项:"卫彪,在水下你就要有信心,不能一边在潜水一边想着自己快憋不住了,要是这样你就没命了。"

福万看了一眼卫彪,卫彪在向他点头,卫彪的眼中有一种特别的光芒。福万想,卫彪是有信心的。

福万想了想又说:"卫彪,如果你真的觉得自己憋不住气了,你不要乱动,心要静,你喝几口江水,然后让自己浮上来。千万不要乱动,否则你的肺就会炸裂。"

福万和卫彪又做了一次深呼吸,接着他们一个猛子扎进水里。水波一会儿消失了，水面好像什么也没发生过。

岸上的绳子被一点一点拉向水中，桩上的铃声不停地响着。围观的人群都屏住呼吸。四周安静得出奇，铃声特别刺耳。根土和女人一会儿盯着水面，一会儿盯着桩上的铃，一会儿盯着福万留给女人的秒表。时间已过了五分钟。根土和女人只觉得心跳声震天动地，感到要窒息了。桩上的铃突然剧烈地震动起来，激越的铃声听来像是水下出了什么事。一会儿铃就不响了。岸上的人群马上意识到，水下真的出事了。根土的女人突然发出一声刺耳的尖叫，她猛地向绳子扑去，使劲拉动绳子。绳子非常轻，显然水下的人已不在绳子上了。她摔下绳子号啕大哭着向江里奔去。根土抱住了她。女人不就范，在根土的怀里挣扎，头发散乱了。

岸上的人们没顾根土他们，都看江面。这是高潮时刻，他们围在河边就是等着这一刻，他们有一种奇怪的心理，盼望捞船出事，又希望不要出人命，他们等待的是那种既出点事又能顺利解决的结果。一个大团圆的结局符合人们的心愿。时间过去了七分钟，水面上还是没有任何动静。他们想，今天看来真的要出人命了。

就在这时，一个人头像箭一样冲出了水面。岸边的人迅速扑进水中把那人救了上来。那人被人扶着跌跌撞撞地走向人群。他正在哭泣。人们发现他面孔扭曲，浑身在颤抖。根土和女人发现那人就是卫彪。女人奔过去一把抱住卫彪。

女人问："出了什么事啊？你福万叔叔呢？"

卫彪把他的母亲推开，抬着头说："福万让水鬼拉走啦。"卫彪抛下人群，独自一人向村子里走去。

十天以后，沉船的主人又请来一个捞船的人来打捞他的船只。天气晴朗，天空碧蓝，没有一丝儿云彩。岸边照例围了很多看热闹的人。捞船人没一会工夫就浮上水面。他已把绳子系在船上了。岸上的人开始拉动绳子。不到五分钟，沉船被拉出水面。人们看到沉船内有一具尸体，尸体的颈部套着一根绳子，绳子的另一头系在船舱的柱子上。尸体已经腐烂，有些地方已被鱼儿啄得不像样子。人们还是一眼认出那人就是捞船人福万。

1997 年 12 月

蛇 精

百年看到一个黑影朝泵房走来。他知道那黑影是谁，瞧他走路的样子就知道是谁。他走路的模样窸窸窣窣的好像一条地上爬的蛇。百年感到那人投来的意味深长的目光。百年讨厌那人老是睁着一双自以为看透一切的眼睛。百年不想理他。百年蹲在离泵房大约十米远的一条坎边，抬头望天。夜空中缀满了星星。月亮很细，像一张白纸飘浮在星河中。百年觉得这样的天空好像有一股子吸力，会把他吸上去。他这样一想就感到自己变得像羽毛一样轻，晃荡在空气中。空气中有一股雾样的东西缠绕着，百年感到不但自己，连周围的景物都飘浮了起来。

"百年，值夜呀。"

那人已站在百年前面。他把目光从天空收回，用一种他能表现出来的最冷的眼神打量那人。那人递给他一支烟。百年平时不抽烟，这会儿他接住了。那人点上了火，蹲在百年身边。

"捕蛇阿四,你他娘的又去和你的白娘娘会面?"百年尽量装得懒洋洋地说。

"嘿嘿,你真会说笑话。"

"他们说你去山里不是去捕蛇的,而是去同蛇精睡觉的。"

"哪里有什么蛇精呀,我巴不得有蛇精呢。"

"他们说你不结婚是因为有蛇精陪。"

捕蛇阿四的兴趣显然不在这个话题上。他一直频频朝泵房那边张望。泵房的窗口黑乎乎的,好像夜色都是从那里渗出来的。

"小爱睡了吗?"

百年听了这话,脑子热了一下。他早已知道捕蛇阿四会问这事。他拐弯抹角来到泵房前就为了打听这事。

"不知道。"百年轻轻地说。

百年的心有点儿虚,感到捕蛇阿四眼睛贼亮贼亮地盯着他。

"你没去看看她?"

"没有。"

"真没去看过她?"

"有什么可看的。"

百年提高了嗓门。他感到脸烧了起来。幸好在夜色中,捕蛇阿四看不见。

捕蛇阿四站起来,朝泵房飘去。烟头的那颗火跟着他,像是他身边飞舞着一只巨大的萤火虫。他踮起脚尖,把头贴往窗口。他的头浸灭在窗口的黑色中。一会儿,他退了回来。

"什么也看不见。她没事吧。"

"会有什么事?她可能睡了。"这会儿百年有点平静了。

"我担心她会想不开。"

"没事,里面什么东西也没有,她想寻短见也找不到办法。"

"那为什么一点声音也没有?"

捕蛇阿四总是这么夸张,百年不想回答这样无聊的问题。他不想再理他了。

"这娘们太傻,她干吗要回来呀。瞧,被抓起来了不是?不过她总是这样傻里傻气的。你真的没去看过她?"

百年恶狠狠盯了捕蛇阿四一眼。

"我记得小爱以前待你挺好的,以前你们天天待在一起的。"

"你什么意思?"

"没什么意思。这世道,以前你们这么要好,现在她被关了起来,你却看守着她。这世道。"

百年觉得捕蛇阿四这句话还像人话。

捕蛇阿四狠狠地抽了口烟,那烟头发出强烈的光芒。他缓缓地吐出一口烟,脸上突然布满轻浮的笑容,他低声地问:

"你们几年前不是私奔过吗,她这么风骚,你一定占过她便宜吧?"

"你他娘的别开玩笑。"百年的嗓子突增提高了,他感到四周亮了一下,仿佛他的声音如闪电把周围照亮了,"我那会儿多大呀,才十五岁,私奔什么呀。"

"你急了,你急了是不是?开个玩笑而已。"

捕蛇阿四满足地看了百年一眼,掷掉了烟头,站了起来。他说他得干活去了。百年蹲在那里一动不动。一会儿他把烟头按在泥土上。他听到泥土嗤的一声,烟头就灭了。

捕蛇阿四湮灭在夜色中。捕蛇阿四留在空气中的气息一下子消失无踪,就好像捕蛇阿四从来没有出现过一样。也许他这会儿变成了一条蛇,正在地上爬来爬去呢。百年不知道捕蛇阿四为什么每天晚上去山上,捕蛇阿四的兴趣好像不在捕蛇上,他每天清晨回家时常常两手空空的。这是一个谜。村子里关于捕蛇阿四的传说很多:有人自称在林子里见到过捕蛇阿四和两条大蟒蛇睡在一起;有人则说曾看到捕蛇阿四同蛇跳舞,蛇跳舞的样子像人一样;还有人猜测,捕蛇阿四家养着的那条毒蛇到了晚上变成一位美女同捕蛇阿四睡。百年不相信这些说法。他认为这只是村里人在嘲笑捕蛇阿四。

泵房里传来了敲击声。是手指敲击木门的声音。百年想了想,向泵房移去。他来到门边时,敲门声停住了。百年想，里面的人知道他已站在门边。

"什么事？"百年的声音听上去很冷漠。

"百年，是你吗，是你在看管我？"

"是我。"

"刚才同你说话的人是谁？"

"捕蛇阿四。"

"你们说话时我听着呢。"

百年站在门边手足无措，就好像这会儿他在相亲，许多人看着他似的。他眼前出现门里面那人的形象。和她形象连在一起的是她暖烘烘的身体。那暖烘烘的气味似乎正从门缝里钻出来。他觉得自己的身体很热。他想回到十米之外的坎上去。

"你有什么事吗？"他问。

"没事，我只想同你聊聊。"

百年没吭声。

"百年，你找个地坐下吧。"里面的人要求道。

百年环顾四周。没有一个人。夜这么深，除了捕蛇阿四这样的夜游神，不会再有别的人深更半夜出来。他用手拂了拂门边的一块石头，坐了下来。

"百年，你是不是也认为我是个坏女人？"

"我不知道。我只管值夜。"

"百年，我不该来看我爹的，可我实在放心不下。我听人说，他们把我爹关到捕蛇阿四的蛇笼子里和毒蛇待在一起。我听人说,毒蛇在一边吐着芯子,喷着毒汁,我爹吓得小便都失了禁。他们不可以这样对待我爹呀,我爹是个老革命呀,他可是一个游击队员呀,他怎么会是一个反革命呢。"

"我不知道,我搞不清楚。"百年说。

这阵子百年对村子里发生的事感到非常震惊。几天前他看到小爱爹和蛇一起被关在笼子里。小爱爹躲在笼子的角落,用手蒙着头,恐惧的眼神从手臂间透出来,整个人像风中的一个草垛,在瑟瑟颤抖。百年感到很悲哀,一个威风凛凛的人被折磨成了这样子。百年想,如果他落到这般境地,他宁可被毒蛇咬死或干脆自杀,这样活着还有什么劲。这阵子他见到的事情把他以往所接受的一切砸了个粉碎,他感到自己好像也被砸碎了。他的脑子十分混乱。

"可他们不让我见爹,他们说我是来搞反革命串联的,他们把我抓了起来,还给我挂了双破鞋。你都看到了是不是,你不会认为我是坏女人吧?"

"我不知道。我不应该同你说话,小爱。"

泵房里面突然传来哭声。哭声来得很突然。刚才小爱的声音还算平静,她却突然号啕大哭起来。这中间没有必要的铺垫。

"百年,连你也认为我是个坏女人,百年呀……"

"你轻一点,你这样嚷嚷,让人听见多不好。"

"百年,怎么会是这样的,怎么会是这样的呀。"

"你还是轻一点吧,求求你了。"

"连我爱人现在都冷淡我了,这是怎么回事呀?"

"我不知道。"

小爱还在哭,不过哭得比刚才轻多了。百年觉得自己不该离泵房太近,他打算回到老地方去。他说:

"你早点睡吧,明天他们还要审问你呢。"

"我睡不着。我奶涨。"

百年的心头热了一下,眼前浮现小爱走路的样子,两只饱满的奶子一耸一耸的。

"宝宝肯定饿了。我知道的,我奶涨了,宝宝就饿了。"

"噢。"

"我奶水足。宝宝吃不过来呢。我多出来的奶都给他爹吃了。"

百年感到头晕,心跳好像突然加快了,心跳声很响,好像身体里开动着一辆手扶拖拉机。他感到下身发热。

"我涨死了,我睡不着,我只好自己挤了……"

百年想赶快从泵房门前走开,他却迈不开步子。里面的人还在自顾自说话。

"百年,你一定还在恨我吧。那回我不该给你一个耳光的。百年,你那么小的孩子不该那样的,我怕你变坏呢。再说,百年,那时我已经有对象了呀……"

百年不想再听下去了,他几乎是逃离泵房的,就好像泵房是一个危险地带。

百年蹲在离泵房十米远的土坎上，满脑子都是小爱的乳房。百年见过小爱的乳房，雪白粉嫩的乳房，娇艳迷人的乳房，令百年心惊肉跳的乳房。小爱比百年大六岁，他们是邻居，小爱喜欢带着百年到处玩。假小子小爱出嫁前玩得很疯，她喜欢同小伙子打闹。小爱还爱出汗，一玩得高兴就汗流浃背。小爱回到家里，要换衣衫。小爱一惊一乍要百年转过身，不许偷看。百年还是偷看了几回。小爱的乳房那会儿没现在大，但让百年涌出一种快要窒息的感觉。

百年的眼前小爱的乳房像花朵一样在黑暗中开放，百年被刺激得头有点儿大。他感到自己的脑子被搅成了一团糨糊，昏天黑地的。百年有一种罪恶感，觉得自己的革命意志太薄弱了，糖衣炮弹还没有投向他，他倒是先被击倒了。他从水沟里捧起水，洗了把脸。他清醒了点，不再把眼前的乳房想象成花朵，而是把乳房想象成捕蛇阿四的毒蛇。他觉得眼前的东西会像蛇那样张开血盆大口然后把他吞噬。

午夜的时候，泵房又传来了敲击门框的声音。听到敲击声，百年的心就狂跳起来。他感到他的心脏就像一只打架的拳头，来回奔突，像是要把他的胸腔撕裂。那声音其实很轻，但他听来却像平地惊雷。他保持紧张的姿势足足有两分钟。

一会儿，敲击声再次传来。百年已有了一些准备。他准备问问她究竟有什么事。他知道如果他不去问她，她会一次次敲下去的。百年知道小爱的脾气，她他娘的是不达目的不罢休的。但如果小爱提出非分的要求百年是不会答应的。百年已有了心理准备。他可不想被糖衣炮弹击倒。

"你又有什么事？"百年的声音有点居高临下，好像他这会儿正在批斗会上。

"百年，我想小便。"小爱说。

百年的小腹流过一阵暖流，全身没了力气。他有气无力地说：

"泵房里面不可以吗？"

"这么热的天，泵房又那么小，要臭死人的呀。"

百年本来想拒绝的，可他实在很难拒绝。他站在那里不知如何是好。好久他才艰难地说：

"好吧，好吧，反正你也跑不了，我让你出来吧。"

他的嗓门有点干涩。

百年就打开了泵房的门。他不敢看小爱，觉得女人浑身雪白，像兔子那样白。他不知道是因为女人本来就白，还是自己的想象使她变白了。

女人窜入附近的草丛中。草丛在月光下呈灰色，像一堆去年留下的雪。百年没有去看女人，他告诫自己不能看。他知道一看就要出问题的。他想象草丛中女人的屁股，想象那流淌的水声，想象那水声如唱哑了嗓子的蛐蛐，有点儿幽暗。对一个未婚小伙子来说，听到或想象这样的声音是件令人窒息的事情。百年蹲在那里，感到双腿在直打哆嗦。

时光好像凝滞了。他脑子一片空白。

不知过了多久,他涌出不祥的感觉,他意识到可能出事了,背部一下子惊出一摊冷汗。他转过身向那草丛望去,那里没有任何动静,就好像窜入草丛中的小爱变成一缕烟消失了。

"小爱,小爱。"

百年紧张地提着嗓门,喊了几声。没有任何回声。他冲入草丛,手脚并用,疯狂地拔开乱草,没有小爱的踪影。百年哇地哭了出来,哭得像一个无助的孩子。他想也没想,高声喊了起来:

"来人呀,反革命破鞋跑了呀,来人呀。"

百年的声音充满了恐惧。

他的嗓子这会儿已不受意识控制,嗓子里发出他自己都不明白的声音。他的双脚也不受意识控制,在村子边的机耕路上狂奔。他模糊地意识到小爱可能正沿着这条路跑回自己的家。百年听到身后出现了杂乱的脚步声,知道他的叫喊起了作用,值夜的民兵赶过来了。他的意识完全瘫痪了。

他向道路的尽头冲去,好像成了夜色中一位仓皇的逃亡者。那边出现了一群黑影。这群黑影让百年感到绝望。他感到自己像一条自投罗网的鱼。他知道他们会怎么对待他这条鱼,虽然他年纪不大,可这年头他见识得多啦,他们什么样的折磨人的方法都想得出来。他在高叫,他却听不到自己的声音,这令他恐惧,这会儿他发出的声音是他唯一的依靠。

他快要接近那群黑影时,听到一个女人的哭泣声和叫喊声。听到这声音他的心头竟涌出幸福的暖流。他们抓住了小爱。他松了一口气。他不知道哪来的勇气,一脸杀气地向人群冲过去。

百年拨开人群,来到小爱身旁。小爱抱头躺在地上。百年知道他们刚才应该用脚踢过小爱的头。这会儿他们都用异样的目光看着百年,仿佛在怀疑是百年放了这个反革命破鞋。百年抓住小爱的头发,狠狠地给了小爱两个耳光,骂道:"你哪里逃,你哪里逃。"

小爱躺在地上发出尖叫。百年不肯放过她,用脚狠狠踢小爱的腰肢和屁股。小爱的身子在不住地痉挛。百年的眼中露出疯狂而残忍的光芒。

百年由于太过用力,胸腔起伏,气喘吁吁。他感到特别疲劳和沮丧。他发现人群后面有一只粪坑,就冲了过去,拿起粪坑里的一只施肥用的勺子,舀了粪便,把粪便倒在小爱的脸上。小爱呜咽了一声,就呕吐起来。

"看你往哪儿逃。"百年恶狠狠地骂道。

百年干完这一切,扔掉粪勺子,向村子里走去。他脸色苍白,失魂落魄,走路的样子就像一张随风飘荡的纸。他走了几步,靠在路边的一堵墙上,一股酸水从他的嘴中像瀑布一样冲了出来。他呕吐了。

捕蛇阿四往往是在早晨五点钟光景回到村子里的。有时候他会捉一条蛇回来,有时候则什么也没有。这天,他哼着小曲踏进村子时发现村尾百年家围着一大帮人，有一个老女人在哭，人们在议论着什么。这会儿捕蛇阿四精神很好，虽然一夜未睡，但他看上去没有一点疲劳的感觉。因好奇心驱使，他打算去打听清楚究竟出了什么事。

哭泣的人是百年的母亲。她一边哭，一边像唱山歌那样诉说：

"他才十九岁呀，还没做过人呀，他就寻短见了呀。他为什么这么想不开呀。百年呀，你走了娘还怎么活呀……"

捕蛇阿四感到非常奇怪，他朝百年家望了望，发现百年正直挺挺地躺在一块门板上。捕蛇阿四问：

"这，这，这是怎么一回事呀。"

有人说："百年犯了错误，上吊自杀了。"

捕蛇阿四说："这怎么可能呢，我刚刚还见过他。我进村的时候，百年在泵房外独个儿哭呢。我问他为什么哭，他还不肯说。"

那人说："捕蛇阿四，你这是在说梦话。"

捕蛇阿四说："我没做梦，我整夜没睡，怎么会做梦，我几分钟前真的碰到过百年，他在哭呢。他哭得很伤心呢。"

那人开玩笑说："你碰到的一定是蛇精，是百年变的蛇精。"

2001 年 10 月 6 日

报　复

两个穿着绿色制服的公安是乘一辆侧三轮摩托车进村的，他们一路警笛，表情严肃，引得人们争相围观。他们进村的时候，花台门的大火已经扑灭，花台门已成为一片颓垣：烧焦的梁或者柱横躺在废墟之中，还在冒烟；家具被压得散了架，柜子里的棉被、衣服黑乎乎的缩成一团；放在贮藏柜里的粮食因贮藏柜爆裂而散落在四周，一部分已烧焦，一部分变成了爆米花，一部分完好无损。住在花台门的几户人家，特别是妇女和老人在披头散发地哭泣。

有人开始对公安描述火灾的情形。火是凌晨时分着起来的，当时大家都在睡梦中。大家听到的是噼噼啪啪的声音，像是节日里的爆竹声，甚至比爆竹还响亮，大家以为是哪家在办红白喜事。一想觉得不对头，村民一向简朴，没人会如此铺张，再说最近也没听说过哪家有什么喜事要办。他们从床上爬起来，钻出屋子，朝发出声响的方向张望，吓得差点尿裤子。只见眼前滚动着一个巨大的火球,浓烟弥漫在整个村子上空,不断变幻,有一股火焰冲破浓烟,浓烟迅速散去,像是落荒而逃的败兵残将。大家这才惊醒过来,花台门着火了。大家拿了面盆水桶等家伙赶赴花台门。火到天亮才扑灭。

两个公安表情严峻,自始至终没说一句话。村民们一向对公安怀着敬畏之心,站在很远的地方,对公安腰间佩着的手枪指指点点。支书一直陪着公安。支书脸色苍白,他此刻应该十分愤怒,因为他家就在花台门,火最先是从他家燃起的,大火把他家烧成了灰烬。村民注意到从烧毁的房舍里逃出来的支书头发依然像往日那样一丝不乱。

一个稍显年轻的公安在一堆已烧成炭的柴堆边蹲了下来。地上有一摊水迹。他用手在那摊水上浸了浸,然后放在鼻子上嗅。他眉头一皱,不声不响来到年长的公安身边,说:

"老王,这有柴油。"

那个叫老王的公安在那摊水迹前蹲了下来,如法炮制。他站起来,锐利的目光瞥了一眼支书,问:

"你有仇人吗?"

支书吞吞吐吐地说:"仇人?仇人恐怕是有的吧……"

我喜欢在村头那座小桥的栏杆上来回地走。栏杆相当狭窄,大约只有十五厘米宽,我平衡能力很好,在上面走得相当娴熟。这个举动无疑是危险的，如果不慎摔下去，我就会没命的。桥下堆满了坚硬的岩石。我父亲有一次见到我身轻如燕地走在栏杆上，吓得差点晕过去。事后父母还打了我一顿，勒令我不要再干这么危险的事。我还是喜欢在没人注意的时候在栏杆上来回地走。

我在栏杆上走累了，来到桥下。桥下面有一间用来开启闸门的桥洞。桥洞的四周用混凝土封死了，只留一道黑色铁门，一把铜质大锁死死地扣在铁门上。我往里望了一眼，看到那人坐在一张由木板搭成的床上。那人看到了我，向我友好微笑。闸门间非常黑，我依旧能看见墙角缝隙处的尿迹。我知道那人的大小便就是通过这条缝隙落到下面的河道里。有好几次我看到那人蹲在那里，面孔涨得通红。

我每天都要到桥洞来看一看。别的孩子是不敢靠近桥洞的，他们都有点怕那人，因为那人总是发出狼一样的嗥叫来吓唬他们。我对那人一点也不害怕，那人笑容灿烂，很有吸引力。这间有着一道黑色铁门的桥洞很像电影里的监狱。

父母说那人是犯错误而被关押在那里的。父母告诫我：
"离他远一点，他可是个疯子。"

我对那人充满了好奇。他是个英俊的男人，有着狮子一样雄健的体魄。后来那男人被抓了起来，他们说是他犯了路线错误，还犯有流氓罪。

我想起批斗会的情形，脸上呈现出茫然的表情。那天批斗那人的是我外公。外公最近当上了村支书。那天外公情绪激动，揭露那人玩弄女人达一百零八个。外公说，那人流氓成性，只要有洞他就钻。外公说到这里，台下一片议论纷纷。村民们喜欢听外公的批斗，他们的脸上是那种啧啧称奇、津津有味的表情。

我不明白"玩弄"是什么意思。我见过那人和女人打情骂俏的情形。但外公也是这样的呀！我曾见到外公把一个年轻姑娘关在房间里，年轻姑娘打外公的脸，外公满脸堆笑。外公和那人一直是合不来的，他们常吵架，那人骂外公"小鸡巴"。那人很凶的，打起架来不要命的，大家都叫他疯子。

一群麻雀停在附近的一棵树上，它们不停地聒噪着。我捡起一块石子向麻雀砸去，麻雀扑打着双翅向远处的田野飞去。

那人走到铁门前，突然朝我叫了一声。我吓了一跳，向后退了几步。那人友好地向我招招手，我就过去了。那人的手从铁门栅栏伸出来，在我头上抚摸了一把。

我说："你知道吗，昨夜村里着火了，我外公家的房子烧掉了。"

那人眯了一下眼睛，说："是吗，怎么会着火呢，你知道原因吗？"

我说："我不知道。不过公安来了。他们会查出是谁干的，他们都带着手枪呢。"

那人的脸上露出奇怪的笑容。一会儿那人把头凑到我耳边，说：

"告诉你吧,火是我放的。"

我吃了一惊,见那人脸上挂着笑容,我也跟着傻笑起来。

我说:"你别骗我啦,门锁着,你根本出不来,怎么放火呢?"

那人举起双手给我看。他的双手铐着铁锁链,像电影里的李玉和。那人很快把铁锁链上的锁打开了。

那人说:"你看,开一部锁不是件很难的事。"

我一下子觉得事态严重,脸不由得变得严峻了。我后退了几步就跑了。我听到那人在喊:

"你不要告诉别人啊。"

我跑过村里一条弄堂时,一个比我大一点的孩子抓住了我。他叫强牯,他是个很喜欢欺负人的家伙。我的衣服差点被强牯拉破。我停下来。由于刚才的跑得太快,我一时有点喘不过气来。

强牯说:"你干了什么坏事吗?这么慌里慌张的,是不是偷了什么东西?"

我说:"我没偷东西,我从来不偷东西。"

我心里想,他才喜欢偷东西呢,他不但偷鸡,偷鸭,还偷沙滩上的桃子。

强牯说:"我不信,我要搜你的身。"

我肚子一凸,说:"你搜好了。"

强牯摸我的口袋。我口袋里没任何东西。强牯就握住我的小鸡鸡,狠狠捏了一把。我杀猪似的大叫一声。

强牯占了便宜后对我友好了,他笑着说:"想不想跟我去山上,西瓜已经见红了。"

我说:"又想着偷西瓜!你自己老是偷东西,以为我也同你一样。"

强牯被我噎得顺不过气来,又翻脸了,撩起手给了我一耳光。我忍不住哇地哭出声来。

强牯听到哭声有点烦我,踢了我一脚,走了。

我哭了会儿就不哭了。反正旁边没一个人,哭也没用。一会儿我就忘了被强牯欺负这事。我不是个记仇的人。我还把那个关在桥洞里的人放火的事也忘得一干二净。

我在外面玩了一天。傍晚回家时,父母已在吃饭。父母正在谈论昨晚的火灾,见我的衣服被弄得这么脏,骂了我几句。我听到父母在谈论火灾,又想起桥洞下那人放火之事。我心里突然变得很不踏实了,我不知道该不该把那人放火的事告诉父母。

吃饭的时候我有点心不在焉。父母见状,骂道:

"你玩得魂都没有了,吃饭都发呆。"

被父母一骂,我就憋不住了,我并不是只知道玩。

我说:"我告诉你们一件事,可你们千万别说出去。"

父母见我如此郑重其事,彼此做了个鬼脸:"什么事啊?"

我说:"火是关在桥洞里的那人放的,不骗你们的,是他亲口对我说的。"

我看到父母脸上的表情刹那间凝固了。父母彼此使了个眼色，从饭桌上站了起来，去外间说话了。一会儿母亲表情严肃地走了进来，说：

"你不要到他那里去，他可是个疯子。"

我来到外间，发现父亲出门去了。

两个公安一早由支书领着来到桥下的闸门间。支书打开锁，铁门吱扭一声打开了。那人一脸讥笑，坐在床上，仿佛早已料到他们会来。那个叫老王的公安把那人带走了。

我正好站在路口，看到了这一切，心里很不安。当公安带着那人从我身边走过时，我细声细气地对那人说：

"不是我说出去的。"

那人对我笑了笑，还伸出手在我的头上抚摸了一下。他喜欢摸我的头。

年轻的公安还在闸门间。公安戴着一副白手套，俯着身子察看铁门上的栅栏。铁栅栏上并无敲击过的痕迹。他拿起套在上面的锁，锁也是完好的，没有被撬过。年轻的公安觉得奇怪，那人是怎么出去纵火的呢？难道那个人有这把锁的钥匙吗？公安又走进闸门间，希望能够发现什么异物。闸门间除了一张木床什么也没有，甚至没发现一根铁丝。公安开始怀疑可能抓错了人。公安自言自语道：

"除非他是一只麻雀，否则的话他出不了这间屋子。"

年轻的公安觉得事情有点复杂。那人是不好惹的，是个有名的疯子，把他惹急了，他什么都干得出来。此人在这个村里当家时，经常带着村民和邻村打斗。邻村的人都叫他土匪。世事变幻，形势一变他下台了，原来的老支书上了台。村子里的政治和国家一样变幻莫测，就像毛主席所说的，不是东风压到西风，便是西风压到东风。照上级指示老支书把此人关押在闸门间，罗列此人种种罪状。

年轻的公安进去时，老王正在点烟。支书黑着脸坐在一旁。老王的手枪已从腰间拔出，放在桌子上。年轻的公安走到老王面前耳语几句。老王吃惊地看着年轻公安，然后把审问记录推到他前面。年轻公安看到那人已承认是他纵火烧毁了花台门。

老王问："你为什么要放火呢？"

那人瞪了村里的支书一眼，说："因为他把我抓了起来。"

老王说："那是你犯了错误，他不抓你我们也会抓你。"

那人说："我知道。别的我都承认，但我不承认我是流氓。同我睡觉的女人都是自愿的，她们还主动扒我的裤子。"

老王皱了一下眉头，拍了一下桌子，吼道："正经点。"

那人似乎并不害怕，继续说："但我没睡过那么多女人，一百零八个，亏他想得出来。"

他想了会儿，指着支书，说："谁不同女人睡觉啊，他睡得比我还多呢。你们去问问村里的女人，哪一个没被他摸过。"

老王见那人说话越来越难听，向年轻的公安使了一个眼色。年轻的公安走到那人面前，踢了那人一脚，说：

"老实点。"

那人并不屈服，用手上的铁锁链回敬公安，公安差点被他砸中。年轻的公安拿起警棍打那人。那人被打得趴在地上，如中暑的狗那样不停地喘息。老王见状，制止了年轻的公安。

老王对那人说："你放了火，为什么又要自己说出来？"

那人趴在地上，喊道："好汉做事好汉当，他不让我舒服，我也要让他无家可归。"

老王说："你这可是死罪。"

那人说："死就死吧，反正我已睡了一百零八个女人，够本了。我不放火，你们也会让我死。"

老王点上一支烟，站起来踱了几步。他装作不经意地问道：

"你是怎么从桥洞里出来的呢？"

那人的脸上浮现讥讽的神色，说："我可不会告诉你们，你们一辈子也想不出我是怎么出来的。"

我看到那人又被关到闸门间。我再也不敢去看那人。我没有替那人保守秘密他才被公安带走，我心里很不安。我不去桥洞看那人，但还是喜欢在桥头玩。没人注意的时候，我会在桥栏上来回地走。如果发现大人们过来,我便迅速从桥栏上跳下来。我可不想让大人看见我在桥栏上走,我厌烦他们看到我在桥栏上走时脸上浮现的那种夸张的表情。

我看到强牯走了过来。我怕强牯,想悄悄地避开他。我朝桥那头走去时,强牯叫住了我。

强牯问:"你去下面看过吗?他现在在干什么?"

我摇摇头。

强牯说:"他再过半个月就要被枪毙了。"

强牯用手模拟手枪,对着自己脑袋砰的一枪。

强牯说:"就这样,没命了。"

我着急了:"谁说的呀,谁说那人要枪毙啊。"

强牯说:"人人都在说这事,难道你没听说过吗?"

我几乎要哭了:"干吗要枪毙他啊!可以不枪毙他吗?"

"看来你是个白痴,他烧了你外公的家,你应该高兴才对。"

强牯不再理睬我,他从地上搬起一块巨石,投到河里。河中发出一声巨响,溅起水花无数。然后强牯昂着头走了。

"有好戏看了,马上可以看到枪毙鬼啰。"

强牯说的没错,我很快就从父母那儿证实,那人将在半个月后被枪毙掉。父母告诫我不要接近那人,那人马上就要死了,他是什么事都做得出来的。

我想去看那人。随着那人刑期的临近,这个愿望变得日益强烈。我想,我应该去看看那人,再不去看的话也许永远见不着他了。我还想,那人死了后会变成什么呢?这么一个高大的人就要像一缕烟一样消失,我感到百思不解,觉得世界怪极了。

每一个晴朗的日子,乡村的天碧蓝如洗,天空中会有一些白云,细细碎碎的,有的像车轮碾下的辙子,有的像飘荡着的鹅毛。田野一片绿色,几只蜻蜓在田野上飞舞。附近的河水欢快地流动着,偶尔有一些小鱼跃出水面,展露一下它们矫健的身姿。

我下决心到桥下闸门间去看看那人。我胆怯地向里张望。那人坐在床上抽烟。那人见到我,露出笑意,他向我招招手,示意我靠近。我发现那人脸上到处是乌青,嘴角处被打去一块皮。

那人说:"我要死了,他们明天就要枪毙我。明天以后,我就不存在了。这里空了,再也找不到我了。"

我说:"我已经听说了。他们为什么要枪毙你呢?"

那人说:"因为我犯错误了。"

我说:"真的是你放的火吗,你是怎么出去的呢?"

那人一脸诡秘,说:"因为我是幽灵。"

我听不懂他为什么自称幽灵,他没死怎么会是幽灵呢。

我问:"你想死吗?"

那人摇摇头。

我说:"那你去求求他们呀,叫他们别枪毙你。"

那人笑了,没回答我的问题。一会儿,那人说:"我枪毙时，你会来看我吗？你一定要来看我啊。"

我说："我会来看你的。不过你可不要怕啊，没事的，就像杀鸡，一刀下去就什么也不知道了。"

闸门间里传来诡异的笑声。笑声持续，好像什么乐子一下子进入了那人的身体里，让他停不下来。

关在闸门间那个人的刑期到了。这一天村子里像过节一样弥漫着一种疯狂的气氛，大家都有点激动，大多数人都没见过杀人这件事，他们可不想错过一生中难得的经历。我父母当然也要去看的，但父母拒绝了我一同前往。

母亲说："小孩子是不能看这种东西的。"

我吵着要去看。父母被我缠烦了，狠狠地打了我一顿。

母亲说："小孩子不可以看杀人，会做噩梦的。"

父母出门看那人枪决去了。出门前母亲对我说："你不要跟来，让我们发现就打断你的腿。"

枪决时间定在黄昏。我还是决定去刑场看看。刑场设在一个三面环山的平地上。我不能去平地观看，免得被父母看到。我打算爬到东边的山上远观。我的屁股被父母打得很痛，走路都有点困难。

我爬到山上，站在一个高坡上。前边是峭壁，峭壁不深，大约只有三米，底下是一些细石和红土。我站在坡上，感觉有点晕眩。我觉得奇怪，我一向不惧高的，在桥栏上已练就了这一本领，我今天居然感到恐高。可能是刚才被父母打的缘故。

下面的平地上已挤满了人。夕阳挂在对面的山头上，发出血色光芒，照在人们身上，每个人身上笼罩着红晕。我看到父母挤在人群中，踮着脚伸着脖子向刑场张望。父母的样子看上去像两只好管闲事的猴子。那人前面，十多个公安站成一排，表情冷漠地看着他。那人昂首挺胸，嘴角上挂着轻蔑的笑容。外公站在公安面前，脸已被愤怒扭曲。

平地上忽然混乱起来，人群像潮水似的前移。我看到外公在用脚踢那人。那人一直眼含嘲弄地对着外公笑。

外公说："你他妈快死了都不老实一点。"

那人说："你踢吧，我知道你很害怕。"

外公说："我害怕什么，我会亲手杀了你。"

外公向公安要手枪，说："我要亲手毙了他。"

一个公安把手枪递给外公。外公颤抖地握住枪，向那人开枪。一颗子弹击中那人头部，那人的脑袋上顿时涌出如柱鲜血，鲜血洒落在外公的脸上。外公有点猝不及防，他向后退了几步，并擦了一把脸。外公的脸沾满了鲜血。那人没有死，倒在地上后还在挣扎着爬起来。

那人说："你打呀，你再打呀。"

外公好像完全失态了，他对着那人一连开了五枪。子弹的冲击让那人的身子不住地跳动。枪声戛然而止，天地间一片死寂。

就在这时，我的身后突然出现一个声音："你在这里干什么？你是不是想偷东西。"

我想象我走在桥栏上，我像天上的云一样从桥栏上飘了下去。我听到落地时一声闷响，然而再没发出任何声音。

身后的声音是强牯发出的。他来到峭壁处，往下看了会儿，惊慌地跑了。

我父母是第二天找到我的。我躺在山坡上，口吐白沫，奄奄一息。父母马上把我送进医院。奇怪的是我没有受伤，只是神志恍惚。医生说，我可能得了某种怪病。

直到现在我依旧躺在病床上。

三年后，那个叫老王的公安在办另一例强奸案时抓到绰号叫老猴的人。如他的绰号所指，此人十分消瘦，眼睛深陷，牙齿外扒，一副贼头贼脑的样子。此人十分轻松地向老王交代自己的犯案经过。此人竟说到三年之前发生在花台门的那次火灾。

他说："当时我正他娘的在村子里觅食，打算偷一只鸡或一只狗回去。这时我听到花台门的一间屋子里发出女人的呻吟声，往里一瞧，看到一个老头儿搂着一个姑娘。我看到门口放着一只柴油桶，便拿出打火机，点着了它，没想到火一下子蹿了上来，吓了我一跳。"

说到这儿，老猴笑得喘不过气来。

他说："没想到后来你们居然认定是关在桥洞里的家伙干的，这个替死鬼。"

老王突然有点坐下住,撇下老猴,来到档案室,找着关在桥洞里那人的卷宗。那人确实对纵火一事供认不讳。

老王很纳闷,自言自语道:"他为什么要这么干呢?"

1998 年 1 月

水上的声音

他坐在湖边的草屋前。初夏的太阳已有点儿热力了,他还是喜欢这样坐着晒太阳。在太阳下,他能见到一些光晕,一圈圈的,在他的眼前飘过。有时候这些光圈会变成蝌蚪或别的虫子,各种各样的颜色都有,样子十分可爱。他会露出神秘的笑容,自言自语:"你们别这样在我面前飞来飞去,当心我把你们抓住。"他脸上出现孩子气的坏笑。

除了对着太阳有点光感,这世界对他来说是暗的。他的耳朵变得灵敏起来。他的耳朵能听到遥远的声音,他的听力抵达哪里,那地方便不再是暗的了。这会儿他听到池塘里一些小鱼儿在游来游去。他的耳朵只要捕获一条小鱼发出的声音,他便跟随这条小鱼在湖里游来游去。湖里有一些水草,在水中飘摇,自由而舒展,小鱼儿在水草中撒欢。"你这个小家伙,当心被大鱼吃了。"他高兴地说。一阵风吹过来,风像小鱼那样闪闪发亮,从他的面孔和头发里拂过。他感到头发也像湖里的水草那样摇来摇去。他想象有一条小鱼在他头顶上游，他假装捉小鱼，抓了一把头发。头发的根部传来疼痛。他说："又让你们跑了。"风中有一些汗臭味和热烘烘的田头广播的味道。这会儿四周很安静，田头广播还没播呢，他不清楚为什么嗅到了田头广播那种热烈的味道。

湖对面有一些声音。那边离他太远了，他听不真切。他听到有什么东西在湖里面跳。应该是鱼儿的跳跃声。如果是鱼儿那一定是条大鱼，起码也得有几十斤重。这湖里很久没有见到这么大的鱼了。他怀疑是不是年纪大了，耳朵不行了。他有点慌，如果耳朵不行的话，世界就不存在了，他就完全被黑暗包围了。空气里传来清亮的声音，这声音就像小鱼儿的声音一样让他喜欢，那是孩子们发出的欢快的声音。他们的声音像鸟儿一样飞向他的耳朵，叽叽喳喳的，把他的耳朵都灌满啦。他想，他的耳朵应该没有问题。

他的耳边飞过一些泥块。空气中飞翔的泥块因形状不同会发出不同的声音。他喜欢听那种圆形的泥块发出的声音，他看到圆形泥块把空气挤出一条缝，空气就会吹奏出像箫那样的声音。有一些泥块落到他的脑袋上，脑袋会发出咚咚声，像一面鼓被敲响。他知道这些泥块来自哪里，它们总是和孩子们的声音一起到来，就好像孩子们如树叶那样缤纷坠落的声音里裹挟着一些泥块，就好像这些泥块是声音的共生体。为了不让更多的泥块击中他的脸，他用双手护住了自己的头。

"瞎子，你又在傻笑什么呢？"

"我听到有东西在湖里面跳来跳去,我问你们,那是什么东西。"

孩子们刚从湖对面过来。他们知道湖里面跳来跳去是什么东西。他们都大笑起来,想,这一回瞎子耳朵再好也猜不出那是什么东西。

"是鱼,是大鱼。那咚咚跳的是大鱼。"孩子们用夸张的口气说,然后嘎嘎嘎嘎地笑起来,笑得都像弹簧一样。他看不见,他知道孩子们上下跳动的样子。

"我多年没见到这么大鱼了,从前这湖里是有的,但现在很少见了。"

"瞎子,你又吹牛,你什么也看不到啊。"

孩子们的笑声里有一种坏坏的东西。他意识到孩子们想捉弄他了,紧张起来。一会儿孩子们把他抬了起来。他说,你们想干什么。孩子们说,你就是一条大鱼呀。孩子们把他掷到了湖里。他不会游泳,在湖里挣扎,呛了几口水。他抓住湖岸边滑滑的水草,浮出水面喘气。每次他抓住水草,孩子们用棍子把他捅开,他又呛了几口水。一直到他被弄得筋疲力尽,孩子们才放过他。他从湖里爬到岸上时,孩子们的声音像林子里受惊的鸟儿那样散去了。

一个月前,一个孩子为梅毒这个词而伤透脑筋。这词是从大人们的嘴里吐出来的。大人们有一次议论到老头,说老头是因为得了梅毒才瞎的。孩子不知道梅毒是什么病,他从没听说过。他感到这个词带着暧昧的气味。暧昧就是这个词的表情。他注意到大人们讲起这个词时一脸的诡秘和向往,他们的眼睛都放射出光芒,好像这个词有电,把他们的身体激活了。

究竟是一种什么病呢?孩子觉得自己有责任弄清这个问题。伙伴们总是问他一些奇怪的问题,他总能答得上来,他是公认的知道很多知识的人。他不应该在这个问题上使大伙儿失望。不久以前,有人问他,什么是见红。这个词也是孩子们从大人那里听来的。他告诉伙伴们,这是女性的一种生理现象。他看到他们目瞪口呆的样子,既开心又骄傲。

这段日子孩子的感官变得灵敏起来,他像那个瞎子一样竖着耳朵,接收空气中令他感兴趣的信息。他觉得梅毒这个词使空气变得无比瑰丽,是那种幽暗的瑰丽,好像空气中充满了这种致人失明的病毒。

孩子希望能在大人们那里得到这个词的真相。有一天,孩子实在憋不住,问爷爷关于梅毒的事。爷爷用奇怪的眼神看了看他,板着脸说,问这个干什么?孩子说,他们说瞎子是因为得了梅毒才瞎的。爷爷愉快地骂了一句,这瞎子,他娘的就是喜欢女人。说完这句话,爷爷不再吭声。孩子还想问下去,爷爷像赶一只苍蝇一样把他赶走了。

现在孩子知道梅毒这个词同女人有关。这种关联让他好奇心空前强烈。他清楚凡是同女人有关的事不能指望大人,他只好寄希望于书本。总是这样，大人们不肯说出来的秘密，书本上会有。只要有耐心，总是能够在书中找到答案。他翻他家里仅有的几本书。他家除了两套《毛泽东选集》，还有一本《红岩》和几本连环画。其中的一套《毛泽东选集》还是他文艺演出时得的奖品呢。他在《毛泽东选集》的一条注释里找到了这样一句话："解放后，在毛主席革命路线指引下，我国消灭了卖淫、吸毒等资产阶级丑恶现象，还基本消灭了吸血虫病、**梅毒**、天花等疾病。"梅毒两个字在一堆黑字中闪闪发光，把他的眼睛都刺痛了。他睁大眼睛，好像唯此才能看得更真切。这堆文字中没有关于梅毒更深入的解释。他把《毛泽东选集》从头到尾翻了一遍，他还是没有弄清楚梅毒究竟是什么病。他想，这一定是极为常见的疾病，一定是人人都知道的，否则毛主席他老人家肯定会解释清楚的。

最后他是在一本字典上才了解梅毒的。字典是他们语文老师的。他翻这本字典时老师就在旁边，所以他显得有点鬼鬼祟祟，好像他正在干什么见不得人的事。他觉得让老师发现他对梅毒感兴趣是件不光彩的事。他虽然还不了解梅毒，不过他已经知道这不会是一个光明正大的词。

在字典的 578 页，他终于找到了这个词。"梅毒：旧称'杨梅疮'。性病之一。犯病者其外生殖器部位会发生硬下疳，后全身皮肤发疹，严重的病人会导致头发及阴毛脱落，甚至失明。这种病在旧社会的嫖客、妓女身上常见，是万恶旧社会的产物。新中国这种病毒已经绝迹。"读到这样的句子,他的手不住地颤抖起来,血液像蒸汽一样往头上冒。

孩子把梅毒的事告诉伙伴们。那时候大伙儿正躺在一个向阳的山坡上。孩子们的眼前浮动着嫖客和妓女虚幻影子。

一个同伴问:"什么是妓女啊?"

孩子用一种懒洋洋的骄傲的口气说:"解放前,城里的街头有专门供男人玩的女人,她们就叫妓女。"这也是他从字典中查到的。

那个同伴又问:"女人怎么玩?"

孩子的脸红了。他感到这个问题说不清,还感到他的同伴真他娘的是个笨蛋。他冷冷地说:"过几年你就知道了。"

另一个同伴内行地说:"我知道这事,瞎子从前玩过很多妓女。"

"真看不出来,瞎子这么老实的人也干这种事。"有人吐吐舌头,附和道。

那个同伴继续说:"听说这人是傻的。别看他现在住在草屋里,从前可是个大地主。这人老是把吃的东西送给那些要饭的,到后来他家养了一大帮乞丐。解放的时候,他差不多成了穷光蛋。他们说这人疯了。"

翻字典的孩子老成地点点头,说:"这事我也听说过。"

有人提出疑问:"不是说得梅毒要脱毛的吗,可瞎子满头黑发,他眼睛都瞎了,头发却没脱落,这是不是有点奇怪。"

翻字典的孩子说:"也许他的头发是假的。不过他的头发可以做假,总不能装个假的屌毛吧。"

孩子们打算去验证一下。从山坡到湖边没多少路，一会儿，他们就来到老头的草屋前。老头坐在草屋前晒太阳，他好像已经睡着了，头软弱地耷拉在胸口，脸上挂着一丝笑意——也许在梦中他碰到了好多女人呢。

瞎子睡得很死，孩子们剥他裤子都不知道。当孩子们把裤子完全剥下来后，老头才像一条鱼一样从椅子上跳了起来，很突然地，就好像他刚刚遭受了电击。革命群众有时候就是拿电去刺激那些四类分子的，四类分子被电击后都是这种反应。孩子们发现瞎子的屌毛没有脱落，瞎子的屌毛很黑，长在那东西的四周，那东西一摇一摇的，看上去很霸道。孩子们都有点羡慕瞎子的屌毛了。老头意识到自己赤裸着，就用手捂住了下身。

老头的鼻子像狗那样嗅了嗅，辨认出孩子们的方向。他说，我又不是大姑娘，你们脱我裤子干吗，我的屁股有什么可看的，快把裤子还给我。孩子们见了，不由得笑出声来。他们不打算把裤子还给老头了，他们把裤子拿走啦。他们占了天大的便宜似的，一路欢笑着来到山坡上。这时他们突然想起裤子上可能有梅毒，赶紧扔了。他们点火把裤子烧掉了。

这天晚上，翻字典的孩子做了一个漫长的梦。在梦里，一些妖娆的女人赤裸着身体围着瞎子打转。瞎子空洞的眼神充满了腐朽而垂死的气息。这天晚上孩子第一次遗精了。

湖对面咚咚跳跃的声音一直在。他开始怀疑那真的是一条大鱼。那声音把他的心搅得痒痒的。晚上那声音变得越来越清晰，让他无法入睡。那声音一直在同一水域里，而不是到处游来游去。如果那声音是一条大鱼发出来的，那它是一条懒惰的大鱼。那声音变得越来越频繁，好像跳来跳去有着无穷的乐趣。"那东西在干什么呀，烦不烦呀，弄得我觉都睡不好。"失眠的原因可不仅仅是因为那声音，而是他的好奇心被激发了。这世上竟有被他听到而辨认不出来的东西，从来没出过这种事。"我已经听了那声音几天了，依旧猜不出那是什么玩意儿。"他再一次怀疑自己的耳朵，觉得他的听力可能真的出了问题。

长时间睡不着，让他感到既亢奋又疲劳。他觉得如果今夜再没弄清楚那东西他会一晚上睡不着。他决定爬起来，到湖对面去看一看。他听不出那是什么东西，总还可以闻出来。他披了一件衬衣，往黑夜深处走。

黑夜对他来说同白天没什么两样。他走路从来不需要光。他觉得自己比蝙蝠还灵敏，蝙蝠靠的是声波，而他除了耳朵，还有鼻子可以依靠。世上所有事物都有自己的气味，他通过气味可以推想出物体的模样，比如道路边一棵树的形状。他虽然无法向人们验证想象出的形状是对还是错，他自己以为是准确无误的，所以他从来不认为自己是盲的。"我看得见，我看得比谁都清楚。"他常这样自言自语。

沿着湖边弯弯曲曲的小道，他走向那声音。他常常有一种错觉，以为听到的声音就是光芒，远处的水扑通一声，他的眼睛就有光闪过，好像那边有一盏灯在闪耀。他试图弄清楚那是什么东西，仰脸用鼻子嗅。没有鱼腥味。他断定那咚咚跳跃的不是一条大鱼。对他来说黑夜和白天只是气味的区别。白天，空气中充满了浑浊的人的气味；夜晚，空气里有一种古怪而清爽的气息，好像黑暗的世界一尘不染。他知道是植物把白天人排出的气味都吸走了。敌不过有人砍湖边的树，植物越来越少了。他担心以后没有草树把气味吸走，这世界将充满人的汗臭味。

人的气味就是这个时候钻入他的鼻子的。他停住了脚步，警惕地左顾右盼，好像他的眼睛完好无损似的。村子里有值夜的民兵，他害怕民兵把他当成反革命抓起来。还好，周围没有人。他集中注意力，深吸一口气，他敏感的鼻子探测到气味来自湖中。他意识到水中的东西是一个人。他不明白人怎么会在水中跳跃那么久。这世道怪事越来越多了。

他继续向那边走去。现在一个人的形状在他的脑袋里浮现。他还不能断定是谁。从那轻微的病恹恹的气味中，他猜测是四类分子有灿，那个走路像虾米一样一颠一颠的有灿。水面上突然没了一点声息。他感到水中那人正警觉地看着他。一会儿，一个胆怯的声音从水面上飘来："谁，谁在那里。"

是有灿的声音。他不免为自己准确的判断而扬扬得意。他说："啊呀，有灿，你在水中干什么，难道你真的变成了一只虾米。"

是瞎子。有灿突然放松了。有灿放松后有种想流泪的感觉,好像瞎子是他盼望已久的亲人。他哭出声来,说:"我都冷死了,受不了,他们不能这样折磨我啊。"

"你为什么在水里,出了什么事呀。"

"我也不知道为什么。他们变着花样批斗我。他们绑了我的手,还在我的脚上绑了一块大石头,把我沉在水里。我现在一点力气都没有了,瞎子,我要死了。"

他们是越来越不像话了,这样的事都做得出来,简直比杀人还要残忍。他有点同情有灿,说:"你别着急,有灿,吃点东西身子会热气的。你等着,我给你弄点吃的来。"

"瞎子,你这么做,难道不怕他们批斗你?"

"我都瞎了,还怕什么。"

他沿着河边一路小跑着回到草屋。锅里有几只烤番薯,他打算把它们统统拿给有灿吃。

黑夜的气息慢慢淡了下去。周围虫子的叫声使黑夜显得更为辽阔。风声里已有一丝清晨的气味。有灿吃着番薯,感到身体有了热气,他已从刚才的惊恐中恢复过来了。他鼓着腮帮子笑着对瞎子说:"瞎子,你刚才走路的样子,吓死我了,你走路轻飘飘的,没有一点声音,我以为碰到了大头鬼。"

"你才是大头鬼呢。"他不以为然地说。

他在湖边看着有灿吃饭时，被一群值夜的民兵撞了个正着。那时天快亮了，民兵们值了一夜的班，正感到无聊，见到这个情况，就想找点乐子。他们二话不说，把瞎子的手和脚绑了起来，又找来一块大石头吊在他的腿上，扑通一声把他掷到河里。他们说："你这么喜欢四类分子，就让你同四类分子在一起吧。"

有灿见瞎子被掷到水里，心里竟突然踏实起来。他一个人在水中太孤单了，有一个人也被浸在湖里，至少有个伴。他的脸上露出傻笑，但也不敢笑出来，怕民兵给他颜色看。等民兵们走远，有灿再也忍不住了，笑道："瞎子，你早就应该到水里来了，他们总是把你这个地主忘掉。"

他老早就知道有灿在乐。只要有灿的嘴巴动一动他就知道那是什么表情。他就说："有灿，你是个没有良心的人。我一个瞎子，难道还要像你们一样被没完没了批斗。"

"瞎子，不是我没良心，我太孤单，只要有人陪着我一起批斗我就很高兴。"

早上，孩子们听说瞎子也被掷到了湖里，很兴奋。他们打算好好捉弄一下瞎子。捉弄瞎子是很好玩的事情，因为他永远搞不清谁用泥巴砸中了他，他只会咧着嘴露出似笑非笑的表情，就像一只愚蠢的狗。树上的鸟儿飞去的当儿，孩子们叽叽喳喳地来到湖边。瞎子觉得孩子们的到来像掠过了头顶的一朵乌云，接着一阵暴雨般的泥块跟着降临到了他的头上。为了使自己不被砸中，有灿机敏地潜到了水下。

翻字典的孩子也在其中,他见有灿从水中冒了出来,笑着说:"有灿,瞎子有梅毒的,当心被传染。"

有灿竖起耳朵,露出惊觉而惧怕的目光。

那孩子继续说:"有灿,人要是得了梅毒,头发要脱落,连屌毛也要脱落。有灿,说不定不久后,你也成了个瞎子。"

有灿听了惊恐异常。他知道瞎子是怎么瞎的。他们都说瞎子是梅毒害的。有灿见多识广,知道梅毒的厉害。他想,他真是蠢透了,刚才还高兴瞎子下水呢,怎么没想到这一层。他倒退着试图远离瞎子。瞎子很生气,对有灿说:"你怕什么,我没有梅毒,你才可能有梅毒呢。"

他恶作剧一般向有灿靠拢,想要抱住有灿。

有灿的脚下吊着一块石头,逃不远,就哀求道:"你不要靠近我,不要。"

瞎子非常反感有灿这样子。他对有灿很生气。他大声地对孩子们说:"我不是因为梅毒才瞎的,而是另有原因。好吧,我给你们讲一个故事吧,不过我讲了也是白讲,你们不会相信我说的。"

孩子们对瞎子的故事感兴趣,他们安静下来。他们居高临下站在湖岸上,要看看瞎子会讲出什么来。瞎子仰着脸看着他们,脸上露出奇怪的笑容,笑容里有一种看透一切的狡猾。孩子们觉得连他的瞎眼都放射出光芒来。一会儿水面上传来瞎子极为冷静的声音。

"你们都知道,以前我是地主。所有的人都笑我傻,因为我总是把东西送给穷人，送给那些要饭的。后来向我讨东西的人越来越多，我家前面常常围着一帮衣衫褴褛的人。我家的东西慢慢就被我送完了。

"我哥哥虽然和我分了家，但他对我这么做很生气。有一天他训斥我，他们都说你疯了，我看也是，你以为那些人都是吃不饱饭吗？不是的，他们在骗你的钱。这世道是坏的，比你想象的要坏得多。

"我不相信世道是坏的。我哥哥不想同我争，他说，我们来打个赌吧，我们去问三个人，如果这三个人回答我们世道是好的，我把自己的眼睛弄瞎，如果他们说这世道是坏的，那你的眼睛就要瞎掉。

"我说，好吧。我们起程。我们问了一个农民、一个商人、一个官员。结果你们猜出来了，他们都说这世道是坏的。我输了。

"我输了。我哥哥也没把我的眼睛弄瞎，他说你只要知道从前错了就好。说出来你们都不会相信，我和我哥的赌咒还是应验了。那段日子我的心情很糟，我因此大病一场。也许是我太伤心了，慢慢地，我的视力越来越差，最后我看不清这世界了。我瞎了后，心却明亮了起来。我常常这样安慰自己：不是我瞎了，是世道瞎了。"

2001 年 11 月 17 日

走四方

每年春节前，我都会把城里没人要的百货运到乡下去贩卖。我从前是一个货郎，这年头商品交易发达，就是乡下人也瞧不上货郎担里的东西了。货郎这一行业看来不可避免地要在这个世上消失了。可是人就是这样，做了一辈子的活儿，你不干了，会浑身难受。整一年我都赋闲在家，当年关来临的时候，我积习难改，又想去乡下贩东西。我现在鸟枪换炮啦，我把那些伪劣产品——比如用纸板做的皮鞋，水中浸泡一下就会缩成只容得下一个婴儿的运动服等——装到一辆货车上，然后卖给乡下人。

我已经五十岁了，也许是因为年轻时走街串巷，身体好得很，浑身有使不完的劲。我是二十岁那年做货郎的，这活儿已干了二十多年，这条线的十几个村庄我熟悉不过，都有留我吃饭的人家，有的还是我多年的相好。

我做生意前都同他们说清楚，这些都是假货、劣质品，穿不了多少日子的。可是这些乡下人很奇怪的，奇怪得可爱，他们就是喜欢我这些伪劣产品。他们平时穿得破破烂烂，过年却喜欢穿得讲究。对他们来说，我卖给他们的东西只要对付得了过年就可以啦。每年大年初一，老乡们把自己打扮得光光亮亮，自以为像城里人了。那些大姑娘们，穿上新衣裳，花枝招展，眼神都变得明亮美好起来。

今年过年前，我早早备好了货。年关将近，我就出发。路线和往年一样，先到李庄，再到王家汇，然后到冯村。冯村是个大村，生意比别地好做。往年，在这个地方，我那车货可以销售三分之二。那地方人也热情，虽然相对闭塞，老乡们却一个个能说会道，讲起国家大事、国际形势来一套一套的。我讲些城里的见闻给他们听。有些他们觉得新奇，有些表示不以为然。比如有一年，城里流行呼啦圈，那些胖女人整天扭着腰肢，在街上摆弄。冯村人听了，轻描淡写地一笑，说，这东西他们"文革"的时候就有啦，他们批斗四类分子，其中有一个地主婆是戏子，头功了得，革命群众让她转脖子上的批斗牌。戏子很有表演欲，批斗牌不但在她脖子上转，还在腰肢上转，把牌子转得像风车似的，简直可以风力发电。总之冯村人可以说是见多识广，没有他们不明白的事。

我是农历廿二到冯村的。村子里过年的气氛已很足了。往日村子里满地乱跑的牲畜明显减少，它们已被屠宰，正挂在屋檐下，在西北风中慢慢风干。村子里笼罩着一层蒸汽，那是烧制年货散发出来的。冬日里弥漫的蒸汽给人一种节日的暖意。一些孩子在巷子里放鞭炮玩。过去这些鞭炮都是我这个货郎从城里带来的，现在村里的小店就有卖了。不做货郎后，我难得来一次，我已经认不出这些新成长的孩子都是谁家的了。从前孩子们见我来就会把我围住，他们拿来平时积攒的破烂，动用他们的小脑筋和我讨价还价，想换更多的东西。如今孩子们对我不感兴趣了。

我听到了哭泣声。这哭声是突然而起的，整齐、匀称，像城里教堂歌唱班的合唱。听到这哭声，我便知道一定是哪家死人了。这个时候死人，乡下人会认为死者很不幸，再熬上几天就增寿了呀。

我首先要做的是前去问候一声。我虽不是村里人，但他们都不把我当外人。我熄了货车。我不能开着车去问候，那样他们会觉得我不识时务，竟然去死人家做生意。我从车上跳下来，过了桥，就知道是哪家死人了。桥头没有人。以往桥上总是有人捧着茶杯在聊大天。我一直竖着耳朵，辨认着那哭声的来处。我的耳朵像是脱离我的头颅，变成了一只寻觅食物的虫子，在巷子里钻来钻去。然后这虫子像是受了惊，突然停了下来。我知道哪家死人了。我走在桥上就知道哪家死人了。我心里咯噔了一下。我站在桥上，深深地呼吸了一下。我想那个老太太终于死了。

我不知道老太太叫什么名字。村里的妇女年轻的时候都有名字的，年纪大了后，人们就慢慢忘了她们姓甚名谁了。

到后来如果有人告诉你她们的名字，都会有一种怪异的感觉，觉得名不副实似的。

过了桥，向左拐，进入南北向的小巷，然后拐入一个院子，就是老太太的家了。我在小巷口碰到老太太的儿媳，她笑着向我打招呼。我表情有点乱，不知道是该悲伤还是该同她笑。一路上我都在酝酿拜死者时悲痛的表情。

那媳妇在我身边停下来，说："来啦？你给我留一双红色的皮鞋吧。"

我点点头，问候道："老太太过世啦？"

她说："死啦。"她的脸上有阴影，目光也有点游移。

她带我进去。院子里有一群老太太在诵经。他们没请道士班。老太太的儿子同我挺熟，叫冯开，我一眼看到他站在院子的太阳下，看亲戚们打麻将。他的儿子和一群孩子在角落里玩鞭炮。冯开不是老太太亲生的。老太太的男人病死后，她就抱养了冯开，与冯开相依为命。那是三十年以前的事了，那时候冯开还是个孩子，面孔白净，像一个女孩。

那媳妇叫了一声，冯开才抬起头来，见到我，脸色严肃了一点。他学着城里人的样子，同我握了握手。他的手倒很暖和。我看着躺在厅堂门板上的老太太，她穿上了那套蓝底白花的寿服和一双红色的寿鞋。

三年前，也是这个时候吧，我路过老太太门前，她叫住了我，她手中拿着一只黄色的牛皮夹子，给我看。她说："这是从前用鸡毛从你这里换来的，瞧，我用了一辈子了，一点也没坏。"

大概她经常抚摸,皮夹子光滑油亮,在阳光下显得沉静而精致,好像这只普通的皮夹子因为年代久远而有了灵气。我忘了她用鸡毛换皮夹子的事。我做了那么多年的货郎,谁向我换过什么东西哪里还会记得。

"过去的东西啊,耐用。"她说,"哪像你现在卖的破鞋,穿不了几天。"

"我可没骗他们呀,我告他们这是劣质货呢。"

"我没说你骗他们。我信得过你。"她这样说的时候,眼睛亮晶晶的,好像认定我是一个诚实的人。

她把我叫到屋里。她没同儿孙住一起,独个儿住着。她给我倒了杯茶。老太太的院子里面堆满了她捡来的破烂,她的屋子倒是收拾得挺干净的。我不知道老太太为什么叫我进屋子,她这是第一次泡茶给我喝。她可能有事找我。

她的眼睛亮了一下,说:"我活不长了。"

我吓了一跳,以为她要向我交代后事。我知道冯开待她不好,从来不过来看看她,但她把后事托付给我的话,我哪里承受得起。

她没这个意思,不过她确实在安排她的后事。她要我替她从城里买一套丝绸的寿服。"要真货。"她强调。

现在老太太真的死了。我点上香,在她的香案前拜了拜。拜完后,我把香插到香炉里,不小心把香炉弄翻了。一些灰尘落在老太太的脚边。我心里一急,脑子不听使唤,不知道是先掸尘埃还是先扶香炉。冯开赶忙把香炉扶了起来。他似乎也有点慌乱，摆了几次都没摆好。待他摆好了，我才松了一口气，对着老人家又拜了拜。我很想跪下来，想了想，还是没跪，只是这次腰弯得很低。

我从厅堂里出来。冯开跟着我。那边打麻将的人在为一张牌争吵。

"那纸条我看到了。"他说。

"什么？"我马上反应过来，"噢，你看到了。"

"是你写的吧？"

"是的。"我点点头。

"但我不能照上面吩咐的做。我没钱。"

我沉默了一会儿，换了话题。我说："你从前可是很孝的。你还是个孩子的时候很孝。那时候老太太到处夸耀你，说你如何仁义，说起你来，总是很骄傲的样子。那时你经常拿破烂来同我换东西，你不像别的孩子换麦芽糖吃，你换日用品，头饰或毛巾什么的，换了后就送给你养母。"

我突然想起来了，老太太的那只钱包，应该也是冯开向我换的。应该是。

冯开听了我的话显得有些不好意思。他说："我忘了。"

现在是下午四点钟光景。冯开要我留下来吃晚饭。我答应了他。离吃饭时间还早，我同他说，我去做会儿生意。我离开了老太太家。

我把那辆破旧的货车开到阿红家门口。我按了三下喇叭。一会儿，阿红的男人背着锄头出门了。他没同我打招呼。每次来冯村做生意，我都住在阿红家里。我一来，阿红的男人就出门了。阿红的男人是倒插门过来的。

我进屋，阿红正在梳头。我猜她是听到我的喇叭声才开始梳妆打扮的。她身上穿着新衣服，这新衣服是我买给她穿的。她的头发已梳得很光滑了，看上去很柔软，她的衣服纽扣还没扣好。我想她是故意不扣好的。我进去的时候，像往常一样，给了她五百元钱。我没像往常一样把她抱住。她有点吃惊，看了看我。她说："你累了吗？脸色不太好。"

"是有点儿累人。开了一天的车。"

阿红把她的衣服扣好。她是个聪明的女人。她说："要不，你先睡一会儿？"

"我们说说话吧？"我说。

"好。"

我没开口。我不知道说什么。

"一年不见，你怎么变得不爱说话了？"

我笑了笑。

她给我讲村子里的事。村子里总会有很多故事。每次我来，阿红都告诉我谁生了什么病，谁被抓了，谁又……后来她说到了那死去的老太太。她叹了口气，说："这老太太真是可怜，她什么时候死的都没人知道。"

阿红说老太太的死还是邻居（那个开小卖部的越南人）发现的。越南女人好几天没见到老太太，平常老太太总是一早起床出门捡破烂的。越南女人觉得不对头，就去敲老太太的门。没敲开。越南女人撞开了门，发现老太太死在床上。越南女人的中国话还不是太好，她花了好大功夫才把这事说清楚的。冯开知道这件事后，一点都不着急，好像老太太的死同他没有任何关系。又过了几日，尸体都发臭了，村里人议论开了，冯开迫于舆论压力，去老太太的屋子转了转，才决定替老太太办丧事。

"听说老太太给他留下一大笔办丧事的钱，没想到老太太还挺有钱的。"

"你听谁说的？"

"村里人都在这么说，老太太留下一笔钱办她的后事，可现在冯开都不替老太太花钱。"

"是吗？"

"冯开是个没良心的东西。她儿媳不好。虽然冯开不是老太太生的，可他是老太太一把屎一把尿拉扯大的呀。"阿红显得有些气愤，好像这会儿她就是正义的使者。

冯开变成这样是结婚以后。冯开结婚的时候，老太太给他造了新房子，老太太是想和养子住一起的。后来老太太被赶了出来，住到老屋里去了。老太太把这归结为媳妇的蛮横。

每次到冯村，阿红就会跟我谈老太太的事情。她说，老太太真是可怜。她想抱孙子，儿媳妇根本不让她碰一下。她连儿子也见不到，她在路上碰到冯开，冯开就避得远远的。

阿红说，她经常把自己舍不得吃的东西送给儿子和孙子吃，但人家根本不想要，这不是讨人嫌嘛。她还以为是媳妇的缘故，其实冯开也好不到哪儿去。

我记得老太太有一次向我换了一块糖果。那时候，老太太的孙子已经五岁了，但孙子从来没有叫过她奶奶。老太太拿糖果做诱饵，把孙子叫到了自己的屋子里。老太太抱着孙子，眼泪就流了出来。就在这个时候，冯开冲进来把儿子抢走了。冯开说："你不是我娘，他也不是你孙子。"

老太太一脸惊愕。

这世道变化确实挺快的。过去冯村以孝道闻名，如今这风气荡然无存；过去家家户户门户大开，没有窃贼，现在门户紧闭却经常失窃。说些倒行逆施的话，这几年我每次到村子里来，都觉得村子很荒凉，屋前屋后，杂草疯长，特别是村子里的人，气色都不太好，有些焦虑吧。他们的气色还不如从前呢，从前村子里搞人民公社，人是穷一点，他们看上去都挺开心的，男人女人每晚聚集在队部前，或打情骂俏，或谈论世界大事，一个个看上去有一股子乐观主义情绪。现在村里人想钱都想疯了。这世道变化确实快，城里面也一样，到处都是假货，让人防不胜防。

阿红家的狗不声不响钻进来，向我摇尾巴，还讨好地嗅我的裤腿。我踢了它一脚。它呜呜叫了一声，也没走开，而是在我前面躺了下来。我觉得现在村里人不精神，连狗也变得这样蔫不拉几的。从前的狗见到陌生人是多么凶悍啊。

阿红瞥了我一眼，问："你心烦吗？"

"没有啊。"时候不早了，得去做会儿生意，我站起身，说，"我去摆摊子。"

"来吃晚饭吧？"

"我去冯开那儿吃。"

我在村头的桥上设了摊位。村里的男人和女人纷纷围上来。他们问候我，说来啦。我说来啦，给你们送过年的行头来啦。

一位妇女，她应该快六十了吧，喜欢穿得花花绿绿。我看到她，就说，她要的我给她准备好啦。我给了她一套城里二十岁姑娘才穿的衣服。她接过衣服，付给我钱。她精神很好，是那种容易亢奋的女人，有点儿人来疯。从前她是村里的革命活跃分子。过去村里的革命活跃分子，现在的精神、身体状态都不错，肯定都会长寿的。我想革命首先需要旺盛的生命力。

来到村子里，我总是会想起很多事。也许是我老了的缘故，毕竟年轻的时候在这一带游走，年轻总是好的，我想起过去的事总觉得好。虽然那会儿穷，想起来还是觉得好。

眼前的这个女人过去参加革命活动很是积极。乡下的革命有时候阵线和原则不是很分明，有些富农经常被批斗，有一个地主，村里人却从来不批斗他。我也不明白这是为什么。我对那个地主还是挺有好感的，是个和善的人吧。这个女人批斗过一个年轻的反革命，反革命是个小白脸，女人后来把小白脸批斗到床上去了，后来被革命群众抓了起来。女人就不能革命了。她同比她小十岁的小白脸结了婚。现在那小白脸看上去比女人还要老。

女人买了衣服，从人群中挤了出去，她抬头一看，包围她的是一群小伙子，很是兴奋，往他们身上靠，还用手去摸他们的胯部。小伙子开心地叫她流氓。

我喜欢货郎这行当，一个自由自在的行当，可以今天到这个村，明天到那个村。到处都是熟人，别人却并不真的了解你，只知道你来自城里，是一个货郎，不知道你的家庭，你的经历。在村里人看来，这些并不那么重要，我是个外地人，基本上同他们无关。这很好，这让我觉得像是在暗处，而他们呢，所有一切都逃不过我的眼睛。这么多年来，我目睹了太多他们的故事。太多了。怎么说呢，我虽然没多少学问，但也算是个爱看书的人，《三国演义》《水浒传》看过几遍，我对世事多少有些感叹。我不太喜欢眼下的事。我有时候甚至厌恶自己开着车来卖假货。我宁愿像从前一样挑着担子，步行着做一个货郎。

冯开骂老太太后，老太太再也不去找孙子了。老太太开始捡起破烂。她想把破烂卖给我。我是货郎，一般用我从城里带来的小百货换乡下人的破烂，然后再把破烂卖给城里的收购站，换取现钱。她不想换小百货，她只想向我换钱。这个我不干。我是货郎，有货郎的尊严，有这行当的规矩，收破烂付钱这是破烂王才干的事。她就把破烂运到城里，卖给收购站。我是货郎,知道这破烂也是值钱的,日积月累,是可以致富的。但村里人不知道老太太其实挺有钱的。

老太太确实不太引人注目。她看上去很瘦弱,头发也有点凌乱,走路轻轻的,好像她走路不是靠双脚而是在空中移动。我经常觉得她像个影子,好像她并不存在于这个世上。

有一天,我在村里碰到她,问:"你这么辛苦挣钱干什么呀?"

她诡秘一笑,说:"有用。"

后来我才知道她所说的"有用"是什么意思。受老太太之托,我替她买了寿服。她拿着寿服,摸了又摸,很高兴。她又把我叫进屋里,叫我稍等。然后她爬上阁楼。这么大年纪爬阁楼,我都替她担心。她从阁楼下来,把买寿衣的钱付给我。我猜她把积攒下来的钱都藏匿在阁楼里。我说,不急的。她说,不要客气。那天她还叫我写了一份遗嘱一样的东西。她看上去很快活,脸上有难得一见的笑容。她叫我猜她有多少钱?我猜不出来。她报给我一个数字。我吃惊得都合不拢嘴。我有点嫉妒她了,我从来没有存下那么多钱。那天我按老太太的吩咐,给她拟了份遗嘱。

她不识字,她让我读了一遍:"……寿衣一套:一千二百元(已付);寿穴:八千元;寿棺一具:两千元;请八人道士班:八百元;诵经费:八百;寿联:一百……"

她很满意。她心满意足地说:"这样我就可以风风光光去西方了。"她的眼神充满了光泽,好像这会儿她已看到了西方极乐世界的景象。

"冯开会替你办吗？"我问。

"他会办的。他心里面是惦着我的，我是他娘啊。"

我不知道她信不信自己的话。如果她相信，那是件悲哀的事。更悲哀的是，她一辈子省吃俭用，从来不在自己身上花钱，身上那套粗布衣服已穿了几十年了吧，她却把一生的积蓄花在死后的哀荣上面。那个西方，看来也是个费钱财的地方。

"这个事情你不要同人说。"她嘱咐我。

我点点头。

我的摊子刚开张，冯开就过来了，要我去喝酒。我想了想，收了摊子。我昂首走在前面，他跟着我，像我的影子一样缩头缩脑的。

真是不好意思，乡下人经常把我当秀才，让我替他们写个喜联、寿联什么的。其实我没多少墨水。但我喜欢写字。我去老太太家喝酒时，冯开已把纸笔准备好了，要我写寿联。我没写。搞这些形式上的东西没啥意思。冯开说，是老太太遗嘱上吩咐的。我瞥了冯开一眼。他避开了我的目光。我说，先喝些酒吧。冯开说，好。

喝酒的时候，冯开说："我们没钱，老太太又没留下什么，有些要求达不到。"

我说："是吗？"

冯开说："村里人都说她有钱，我不知道她的钱藏在哪儿!"

"是吗?"我说,"我也不知道。"

冯开就不说话了。

老太太躺在厅堂中。我们在院子里喝酒。乡下死人办的酒席也很热闹。这晚我酒喝得很凶,到处和人斗酒。村子里的人要我讲一些城里的见闻。他们对城里的事既好奇又不以为然。我同他们讲城里的食品问题。我说:"现在的东西都不能吃啊,牛奶都掺假,牛奶里面掺小便,因为小便的浓度和牛奶是一样的。"

"那城里人等于在吃尿啊!"一个乡下人高兴地说。

"就是就是。现在农民都不好了,不但给城里人吃尿还吃农药。你们种的菜里全都是农药。"

"我们可没这么干。"他们辩解道。

"谁知道呢。"我有点大舌头了,"不过这也不奇怪是不是?这世道,谁心里还有'怕'字呢,还怕什么呢,反正大家都这么干来着,大家都这么干就不怕了,不这样干才叫傻瓜呢。你们知道吗,我这些破鞋,他们卖一百多元钱,我卖给你们才十五元。"

他们大概觉得我有点儿情绪,就说:"你是好人。喝酒喝酒。"

"谁知道呢,也许我也是个坏蛋呢。"说完,我诡秘一笑,"谁怕谁啊。"

我喝得很猛,头有点儿晕。我大概喝高了。冯开不愿意我喝高，拖着我到桌边，要我写寿联。这回我没推托，提笔写了。我没多少学问，肚子里的货都是别人的。"严亲早逝恩未报，慈母别世恨终天。"冯开这小子会恨终天吗？笑话，一天也不会。"垄上留劳迹，堂前谁仰容？"我写好这句，有些悲凉，冯开不会懂得其中的味道。"天不遗一老，人已是千秋。"这一句就夸张了。

村里人围着看我写字，他们并不留意寿联的意思，只称赞我字写得好。我的字写得不好。不知为什么，我写着写着就想哭。这老太太，这一辈子过的。我从前并没有这样的悲悯之心，是这会儿突然涌出来的。我酒喝太多了，胃部一阵翻腾，我连忙放下笔，跑到院子的角落，呕吐起来。我呕吐的时候，眼泪哗哗地流下来。他们还以为我的泪水是呕吐的缘故呢。

"你喝高了。"有人说。

"这世道，谁心里还有'怕'字。"我说，"我怕什么？我什么也不怕。"

他们不明白我在说什么，他们认为我喝醉了。

我回阿红家睡觉已经很晚了。我没想到我会喝高。呕吐了后我清醒多了。天气很冷，气象说又要下雪了。我希望不要下雪，我可不想在雪天开车，雪地里开车还是比较危险的。有冷风吹过来，空气中有一些肉香。这是过年的气息。从前我嗅到这气息，人会变得很精神，这会儿我感到浑身无力。

阿红还没睡。她坐在床上织毛衣。我知道她在等着我。见我回来,她从被窝里钻了出来,替我去倒热水。我感到有一股热气从被窝里跟了出来。她说,你洗把脸,早点儿睡吧。我说好。

我钻进被窝,阿红抱住了我。被窝非常暖和,阿红也非常暖和。她伸出手在我身上游走。我很紧张,毫无反应。这是不常有的。阿红吃惊地看了看我。

"你老了吗?"

"可能吧。"

"去年还挺好的。"

"一年不如一年。"

"你也不算老啊。"

阿红还在努力。我说,算了,我累了,早点睡吧。

午夜,屋外刮起了风。风不大,某个方向有风钻进房间,发出轻而尖啸的哨声,挺好听的。传说这哨声是饿鬼的尖叫。鬼魂都是和风一起来的。阿红家是老屋,虽然翻修过,总归有着旧屋那种影影绰绰的气氛。屋和人一样,越老故事越多。

有一天,老太太来到我面前,同我商量一件事……究竟商量什么事我想不起来。我怎么会想不起来呢?她一直站在我前面,像是同那尖啸的风一起进来的。她站在我边上。我问,你有什么事?她脸上露出讥笑。我感到恐惧。她身着一身寿服。我跟着她来到她家,她穿着寿服爬上了阁楼,她脚上穿着红色寿鞋。这时,那寿鞋突然张开了口,像鳄鱼嘴一样露出血腥牙齿的口,鞋子真的变成了一条鳄鱼,把我吞噬了。我喘不过气来,使劲挣扎,叫了出来……

是阿红把我弄醒的。阿红说,你在喊叫呢,你做噩梦啦?我点点头。她看上去很困,闭着眼嘟囔道,做什么梦呢?我说,忘了。她说,你喊得好吓人,惨兮兮的。阿红咽了一口口水,又睡了过去。

我再也睡不着了。我没有起床。屋外都是狗吠声。他们说,鬼魂是这个时候出来的。我不知道有没有鬼魂。我年轻的时候在这一带游走,做生意,有时候半夜里可能还在路上,有的是山路,路边是坟茔,磷火倒是见过,鬼魂没碰到过。我不知道有没有鬼魂。那时候牛鬼蛇神都被扫地出门,大家除了毛主席谁也不相信,大家感到满世界阳光普照,即使阴天,即使生活困苦,毛主席这个红太阳让大家生活得亮堂堂的。在这亮堂堂的日子里你就不惧怕鬼神,也就不相信鬼神。那个时候我在村子里歇脚,晚上没事村里人要我讲外面的事情,讲着讲着就讲到鬼。我倒是编排过几个的,都假装是自己亲自碰到的。可人要碰到鬼也是不容易的。

我记得曾给村里人讲过这样一则故事:在来冯村的路上,要过一条岭。那时候我经常在月光之夜穿越那条山岭。有一天,一个冤魂拦住了我,是个漂亮的女鬼。她说,她从前在这条路上被人奸污了。那个男人不但奸污了她、抢了她的东西,因为她反抗,男人还把她杀了。她在等着那个男人,她一定要把那个男人的魂勾走。我说,我不是那个男人。她说,你是个走四方的人,你一定能找到那个男人的。我说,我即使碰到了也认不出来。她说,我钻入你身体里,就会找到那个人。

我说这个故事的时候,村里的男人个个神色慌张,好像那个女鬼真的附在我身上,他们担心被指认为罪犯。后来我想,他们之所以害怕、慌张,大概是因为他们即使没有真正做过那种事,也不同程度有过那样的念头吧。他们问我,她是不是在你身体里?我笑而不答。

我不知道为什么想起这些旧事。身边的阿红睡得很香。窗外天已亮了起来,狗吠声也停了。我索性起床。我下了楼梯,给自己倒了一杯茶。我考虑是不是早点离开冯村。也许我得早点儿离开。

我开门的时候,吓了一跳。冯开从门边窜了出来。我没料到这么早会有人,还以为是昨晚噩梦的延续。我好一会儿才定下神来。冯开神色破碎,眼神敏感。我注意到他的眼睛红红的,像是一夜没睡。

"你想吓死我吗。"我揉了揉胸部,又说,"那么早,你有事吗?"

"也没有什么事,只是……只是……"他好像难以启齿。

"里面坐吧。"

"不,就这里说吧。"

"碰到什么事了吗?有什么事需要帮忙你尽管说。"

"……昨晚上有些事很奇怪……"他吞吞吐吐的，一副不敢说下去的样子，"昨晚上，我做了一夜的梦，我梦见贴在墙上的寿联，就是你写的那些，被我娘撕了下来，扔到院子里烧掉了。我从梦中惊醒，看见院子里有火光，我披衣出去，真的是那些寿联在烧呢，墙上寿联一张也没有了。我看了看躺在厅堂上的尸体，真的移动过了，并且调了个方向……"

也许是因为清晨，天地之间过于安静，夜晚的气息还没有退去，听了这事，我有一种不真实感，并且无端不安起来。我说："你没看错吧？"

"没有。"

"我开始以为自己是在梦游呢。后来我发现她躺在厅堂里，掉了个方向……我就哭着叫起来，娘，你这是干什么……"

我的脸色变了，问："老太太没提要求吧？"

冯开说："她没同我说话。"

我沉思了会儿，说："你等我一下。"我踏上楼梯。我怕惊动阿红。阿红已经醒了，她问我刚才同谁说话。我说，没事，你睡吧。我从包里拿了一千元钱，下了楼。

"你拿去吧，给老太太找一个好的道士班，多念点儿经，好让老太太早点超度。"

冯开没要钱。我硬塞给了他。我说，叫你拿着就拿着。

"你要在村里待几天吧？"

"你有什么事吗？"

"没什么事。"他的眼中掠过一丝锐利的光亮。

"快去办吧。"我不再看他的眼睛。那光亮让我不舒服。

冯开慢慢走远了。这个小时候看上去女里女气的人,现在变得男人气十足。他长着一张国字脸,脸膛黝黑,眼眶深陷,他的目光里有一种令人讨厌的贪婪。那一刻我从他的身影里觅到了昨晚梦到的老太太的影子,走路也是轻飘飘的,像一个移动的黑影,一副无助的样子,好像这会儿他正走向西方。

我决定尽快离开这个村子。我不喜欢昨晚的噩梦,也许离开这个村子就能摆脱掉。阿红也起床了。阿红问我,刚才是谁。我说,没人。阿红说,你刚才叽里呱啦的,难道同鬼在说话?我想了想,说,阿红,我今天走。阿红感到吃惊。以前我都要在冯村待上三个晚上的,这次只待了一个晚上。她惊讶很正常。我说,生意不好,这次带的东西没人想要,我去夏家埠试试看。阿红问,你还过来吗?我说,不一定。阿红对我的突然离去表现得很不踏实,有些不安。她说,你等等。她转身进了屋,出来的时候给了我一包东西。我打开一看,是红枣。她说,下午刚买的,本想给你补补身子的。我明白她的意思。阿红还算是个有良心的女人。

我开着货车离开了冯村。四周都是田野。这之前下过几场雪,田野上的麦苗和油菜被雪冻蔫了,长得很不整齐,看着没有一点生命力。我知道它们都活着,只要天气转暖,它们马上会绿得发黑,开出艳丽的花朵。田野的尽头是山脉。山上的树木倒是一片葱郁,仿佛季节同它们无关。在更远的山脉上,还有大片大片的积雪。机耕路不是太平整,我的车子震动得厉害,摇摇晃晃的。我希望冯村及关于冯村的一切在我的脑子里慢慢消失。我可能明年再也不来做生意了。

开了大约四十分钟,我到了另一个自然村:夏家埠。

这一带的每一个村,都有像阿红这样的女人,她们待我好,我当然也不亏待她们。在夏家埠,我住在小吕家。小吕老远就听到了我的汽车声。她倚在门边,对着我傻笑。我从汽车上下来时,她爬到汽车上,找她喜欢的玩意儿。每次我来,都是她的节日,有那么多东西供她挑,相当于她在自己家门口赶了一次集。小吕和阿红是完全不同的女人,阿红含蓄矜持,小吕活泼生动。我快有一年没见小吕了,挺想她的。有时候,我想,与其说我是留恋做货郎这一行,还不如说是惦念着这些女人。

一会儿小吕挑了几件衣服,从汽车上爬了下来。她说,这送我了。我笑着把阿红给我的红枣交给小吕。小吕开始做饭。她特意去小店里打来了黄酒。冬天的村子特别安静,我和小吕喝酒时,四周没有任何声音。只有小吕的笑声在我的耳膜上此起彼伏。

"今年怎么这么早来了?是不是想我了?"说完她就放肆地笑,表情都有点淫荡。

我有些感动。我想,她见到我是真的高兴。我说:"我想你了。"

酒和红枣汤让我的身子发胀。我抱着小吕很早就上床了。冬天的被窝很寒冷,小吕的身子很烫人,被窝一会儿就热了。我的下面早已起了反应。小吕感觉到了，伸手抚了它一下，说，你太坏了。然后她就把脸贴到我的胸膛上。我的手开始在她身上游走。她的身子早已软了，面孔潮红。

"你替我办件事。"她的声音从黑暗中浮起，像是呻吟似的。

"什么事？"我没停止动作。

"我奶奶快不行了。"她说，"我想送奶奶一套寿服。"

"行，我会办好的，替她搞一套最好的行头，丝绸的。"我停了停，开玩笑道，"这样，你奶奶到了西方就可以撒威风。"

小吕开始呻吟起来，她好不容易才说出一句来："不用那……么讲……究的，你……不是有很……很……很多假……货吗？假货……就成，死……了……就什……么都完……了……"

听了这话，我突然感到全身发冷，停止了运动。小吕很敏感，她的呻吟戛然而止，她问我怎么啦？我说，没事。我继续抚摸她。小吕的手慢慢向我胯下移动。我的下面已经软掉了。

2004 年 11 月 7 日

小姐们

一

听到母亲去世的消息，兆娟正在上课。是小李老师跑来告诉她的。这座小学只有小李和兆娟这两位教师。小李说，你回去吧，我替你把课上完。有那么一刻，兆娟脑子里一片空白。她甚至想不起母亲的模样。小李见她站着不动，温和地说，你去吧。一会儿，她心里涌出悲凉的情感，产生流泪的欲望。她忍住了。她向小李笑了笑，脸色苍白地走了。孩子们好奇地看着他们俩。

在去母亲家的路上，兆娟的心中缠绕着委屈和伤心的情绪。多年来，她和母亲一直有隔阂。小的时候，母亲要么忽视她，要么挖苦她。她干什么母亲都看不顺眼。母亲看不惯她穿裙子，看不惯她爱清洁，甚至看不惯她在说话时夹带几句普通话。后来她考上了师专，成了一名教师，母亲突然对她客气起来，那种客气让她感到自己好像不是这个家的人了。她一直不知道母亲心里究竟怎么想，为什么对她这么生分。有时候母亲会在客套中带点儿讥讽的语调。比如她给母亲送去从城里买来的蛋糕，母亲说，你是不是钱多到没处用了，我这个老太婆哪有福气吃这么高级的食品，说得她当即红了眼，掉下泪来。有时候她去母亲家做客，如果别人没到母亲早就开饭了，母亲容不得有人迟到，但她迟到，母亲就说，等等她吧，她对我意见大着呐，她呀，总是慢吞吞的，不好伺候。从兄弟们那里听到这样的话，她伤心得想哭，觉得母亲对她很不公平。不过反过来又想，母亲至少知道她的委屈。这就够了。她不顶撞母亲。她多么希望化解同母亲之间的隔阂。

兆娟赶到母亲家，家里没一点声息。四弟兆军坐在厅堂里。她问，娘呢。兆军脸上没有表情。至少没有悲伤。兆军说，在楼上。兆娟上楼。母亲躺在床上，神色安详。见到母亲，她反倒镇静了，母亲的死她并不感到太意外。大哥兆根木然坐在一边，守着母亲。大哥的脸色非常不好，看上去有点紧张。

照乡下的习惯，母亲死了，做女儿的要先哭上几声。她猜想母亲死后这个家还没发出过哭声。乡下是用哭声宣布死亡的。听到哭声，乡邻会自动来帮忙。兆娟觉得自己哭不出来。她没有觉得母亲已离她而去，感到一切并无改变，母亲只不过是在深睡中。但她必须哭上几声，不然乡里人不知会说出什么难听的话。她就哭了起来。

开始的时候，她的哭声像一支跑调的曲子，干燥、生硬。一会儿，她内心的悲伤在哭泣时被唤醒了，哭声中自然而然包含了情感。她感到自己对母亲的情感是多么复杂。她既是在为母亲哭，又是在为自己悲伤。

她希望大哥和四弟劝劝她，让她可以停止哭泣，安排葬礼。大哥和四弟显得很茫然，对她的哭泣无动于衷。这样下去不是个办法，她止住了哭泣。

兆娟是不可能撑起这个家的。她在这个家没有说话的份。兄妹三人都想到了城里开店的大姐兆曼。请大姐来办丧事是兆娟提的。四弟兆军马上表示赞同。大哥却犹豫起来。大哥说，娘死的时候交代过，不让兆曼回来见她。兆军不耐烦地说，人都死了，提它干什么。他们最终决定打电话给大姐，让她回来。兆娟对大哥说，不要对大姐说母亲临终说的话。大哥没听见似的，半天没有什么回话。

在村子里，葬礼有一整套规矩，必须得遵循。兆娟打发兆军去请道士，自己则去请专门安排葬礼的冯大爷。冯大爷随叫随到。他平时没有精神，一听说哪家死了人就来精神。在冯大爷的指挥下，没一会儿，母亲穿上了她早在十年前已备好的锁在箱子底下的绿色寿衣寿裤，尸体也转到了厅堂里。这个过程兆娟又哭了几次。

道士也来了。他们一脸严肃，动作肃穆，缓慢地布置香台。他们缓慢的动作里好像隐藏着另一个世界的消息。兆娟见事情忙得差不多了，松了一口气，在远离母亲尸体的院子里坐下来，等着城里的大姐来管事了。母亲的身子看上去好像比生前短了一截。床板下的长明灯在一跳一跳。没有风，但长明灯在跳动。

兆娟心里巨大的虚空就是这时候涌出的。母亲就这样去了另一个世界。昨天还好好的，还躺在床上骂大哥，因为大哥给她擦身子时烫着了她。今天，一切都改变了，母亲躺在那里，如此安详，生命已经停止，她再也不可能愤怒了。

想起母亲这一辈子确实也不容易。父亲在兆军出生那一年就死了。是母亲把兄妹四个拉扯大的。生活把母亲的性格塑造得刚毅、专制、粗暴、任性。想起这些，兆娟感到五味杂陈。活着究竟是为了什么呢？像母亲这样辛苦一辈子吗？母亲没好好享受过一天的好生活，就这样去了。父亲死的时候她还小，那时候死亡给她的感觉仅仅是生活中少了些什么，有一点奇怪和不解，过了一段日子就什么都忘了，并没有留下太多的印象。这一回，面对母亲的死，她的情感无比复杂，有一种整个身心被抽空了的无所依归的感觉。

她不知道大哥的心情是不是像她一样。四弟兆军无心无肝，死亡对他来说也许还不如一个阴雨天来得让他沮丧。四弟和大哥的性情是多么不同。他们家最辛苦的就数大哥。兆娟向厅堂望去。大哥呆呆地坐在母亲身边，消瘦的身子显得十分僵硬，仿佛坐在那里的仅仅是一架木偶。他双眼浮肿，眼神迷茫。某一刻，他向兆娟投来无助的一瞥。这一瞥让兆娟心惊肉跳。

母亲弥留之际一直由大哥照顾着。兆娟也住在村子里，本来照顾母亲的职责应该是她这个做女儿的，母亲不这么认为，除了大哥，母亲不让任何人服侍她。母亲有着不近人理的古怪脾气。这些天大哥几乎没休息过。大哥身体不好，太累了要出事的。她对此有经验。她从大哥投来的无助眼神里感到他身体里隐藏着的风暴。她很担心大哥。她心里祈祷，家里都乱成这样了，可千万别再出什么事。

兆娟来到大哥身边，说："哥，你两天没睡了，去睡一会儿吧。灵堂我来守着。"

"不，我没事。"大哥面无表情。

兆娟知道大哥的脾气。冯家的孩子或多或少有些怪脾气。大哥是想守孝道。他已孝敬了母亲一辈子，他要在最后这段时间尽孝，要善始善终。兆娟知道她没法改变大哥的想法，可她真替他担心。再出什么事可怎么好。她希望至少在大姐到家前别出事。

目前一切还算正常，葬礼开始运转起来，这不难，乡下人对葬礼有一整套程序，可以由着惯性自动运转。四弟兆军不知道去哪里疯了，冯家最没责任感的就数他。即使家里乱了套，他都不管。兆娟想了想，叫来儿子红宇，让红宇看着他大舅。

"大舅有什么情况赶紧来告我。"

红宇站在道士旁边，看他们布置灵堂。他有点不愿意。这会让他失去行动自由。他好久没说话。

"听到没有。"兆娟提高了嗓门。

"好吧好吧。"红宇答应了。他没料到妈妈火气这么大。

二

空气里好像没有一丝儿风,但挂在院子里的一条条白布缓缓地飘动起来。红宇站在白布下面。白布拂着他的脸,让他感到很舒服。阳光很猛,周围的一切都明晃晃的,好像那些树木、围墙、墙头的草、房子都跑到一面巨大的镜子里面了。道士们到灵堂已有一阵子了,正式的仪式要晚上才开始。

外婆去世后,红宇觉得这世界变得空旷和安静了许多。周围的景色没有改变,苦楝树还是那苦楝树,村庄还是那村庄,山也还是青墨色的山,但又好像这一切都变了,仿佛这些事物背后有着一个更为深远的世界。世界一下子变得明亮而悠长,这明亮中又有一些影影绰绰的东西,好像所有的事物都拖着一些看不见的影子,好像有一些神秘的声音在事物的深处回响。他不知道是不是真的有灵魂,他觉得和那个世界有了某种联系。他变得有点敏感。世界如此安静,甚至能听到空气中一丝若有若无的植物生长的声音。他想,如果人死了有灵魂的话,他相信外婆的灵魂会在那偶尔被吹动的树梢、墙头的草及围墙下虫子的鸣叫中显现。

厅堂里的哭泣声会在某个时刻骤然响起。这是仪式的一部分。时辰到了,妇女们就会来到外婆的尸体边放声大哭一阵。她们的哭声带着词语，富有韵味，像一首古老的歌谣。当她们哭完后就会有说有笑，甚至还打麻将。她们对灵魂的敬畏只在哭泣的时候才表现出来。红宇回头朝厅堂张望。大舅一脸严肃地坐在外婆旁边，腰板挺得笔直，像一个刚受过老师批评的孩子。他身体看上去非常紧张，眼神却很茫然。外婆的死亡带走了他的主意吗？妇女们在他身边号啕大哭的时候，他都没有动一动，仿佛她们的哭泣同他一点关系也没有。

　　妈妈的担心不是毫无由来的，大舅的身体不好，不小心就要发病。他发病毫无先兆。大舅平时脾气很好，成天笑眯眯的，一副无心无肝的样子，发病时却完全变了一个人，又哭又笑又骂人，凶神恶煞。他发病的时候，力气会突然从他瘦弱的身体里长出来，两个人都制服不了他。村里人说，大舅得的病叫"花癫"。红宇知道这个词的意思，大舅发病时，村子里的妇女们都会躲起来。红宇很反感妇女们的这些勾当。大舅对外婆很孝。妈妈对红宇说，你外婆总是拿他当出气筒，可他就是对她孝。红宇听得出妈在替大舅叫屈。红宇经常听到外婆骂大舅，好像外婆一辈子的委屈都是大舅的缘故。

　　妇女们哭完后，对着蜡烛拜了几拜，就散去各自忙自己的事去了。大舅还是直挺挺地坐着。红宇觉得大舅就像是一具没有生命的雕像。

　　外婆躺在那里。红宇还没走近去看过外婆，仿佛他在担心外婆会因为他走近而突然醒过来。红宇对外婆的死一点都不吃惊，相反他觉得死亡对外婆来说是解脱。外婆死前有两年足不出户了。外婆这样活着生不如死，又有什么意义呢。红宇听到外婆真的死了，没有什么悲伤。红宇去外婆生前的房间里看过（那时外婆的遗体已移到厅堂中了），人去楼空的房间有些凌乱，外婆的气息依旧在，红宇觉得这气息不但弥漫在这个房间里，似乎整个天地间都是外婆的气息。这种气息让他感到自己置身于某个遥远而神秘的地方，看着人世间的一切。人世间有一种缓慢的不变的平静。

　　红宇觉得大舅大约不会有事，就向院子外张望。他长久注视着远处树杈上的一只麻雀。他总是这样，某样东西可以注视半天。他喜欢注视那些细小的东西，比如蚂蚁，比如春天水沟里的蝌蚪。他发现那树上的麻雀半天没动一下，连自己的羽毛都没理一下。红宇想，这是一只懒惰的麻雀，也许它睡着了。

　　后来这只麻雀突然像一支射出的箭蹿上天空。在马路的远处，一个黑点出现在道路转弯处，传来马达声和哭泣声。是一辆中巴车。中巴车在高低不平的路上晃荡。这个安静的村子很少出现马达声，路边的房舍里探出几个脑袋，他们木然注视缓慢行驶的汽车。哭声越来越近了，红宇觉得这哭声有点像天上偶尔飞过的飞机，发出隆隆的声音。红宇想又有亲戚来奔丧了。他从那夸张的哭声猜测可能是城里开店的大姨回来了。

果然汽车在外婆家院子门口戛然而止。随着车门的打开，哭声突然变得杂乱而响亮，好像一群被困在笼子里的鸟终于放了出来。这声音好像被广大的寂静吸取了似的，显得很不真实。红宇猜得没错，首先走下车子来的人是城里开店的大姨。红宇没料到的是大姨身后跟着一群年轻的姑娘。红宇数了一下，一共六位。年轻的姑娘们神情木然，双眼无神，每个人的手中都握着一个巨大的花圈。姑娘们的身材相当好，脸蛋光鲜迷人。

一直懒洋洋坐在院子里的小舅猛然站了起来，眼里放射出灼人的光芒。那是见到久违的熟人才有的喜悦的光芒。他迅速来到大姨的面前，脸上展露出天真的笑容。大姨没理睬他，白了他一眼。也许小舅觉得葬礼上不能太开心，他跟着绷紧了脸，但他的眼睛一直在笑。那些姑娘从他身边走过时，他忍不住去拉她们的手。显然小舅认识她们。那些姑娘们佯装生气，挣脱了小舅的手。小舅的喉结在不停地上下滑动，仿佛他嘴里装着咽不完的东西。

姑娘们把花圈放在厅堂里。她们一脸严肃，目光露出好奇。红宇注意到她们的眼睛乌黑明亮。她们投向尸体的眼神虽然有外人的冷漠，不过看得出来她们敬畏死者。她们在香台前拜了起来，一边拜一边念念有词。红宇不知道她们是在祈求死者保佑还是念经文。其中一个姑娘跪了下来，对着外婆磕头。那女孩看上去大约只有十八九岁，穿着一套白色的裙子，脸颊红红的（可能是天太热的缘故），鼻子上有一丝细汗。刚开始跪拜的时候，这姑娘有点慌乱，一会儿，她进入了角色，手中的香高举着，即使她在磕头时也这么举着。红宇觉得她对这类事似乎训练有素。她的跪拜方式比乡下人讲究多了。拜完后，她把香插到香台上。然后又跪下，双手朝天放在地上，把脸磕到她的手上。看着她虔诚的样子，亲戚们的表情也跟着严肃而圣洁起来。

红宇见她们拜得这么有仪式感，心里涌出对她们的好感。她们看上去清清爽爽的，秀丽、活泼、青春洋溢，红宇觉得她们把这个死气沉沉的葬礼照亮了。

三

冯家大女儿兆曼是接到母亲去世的电话后匆匆赶来的。她大约有二十年没踏进这幢屋子了。母亲不允许她进这个家门。每次，兆曼回村，都是住在妹妹兆娟家里，只能远远看望母亲。现在母亲死了，她可以近距离看母亲了。母亲的脸安详中依旧有威严。母亲的个性是多么刚烈。不过她理解母亲。在这个家里，兆曼的个性最像母亲。兆曼的脾气同母亲一样固执。她这一辈子似乎都在和母亲对着干，他们三个都屈服于母亲，只有兆曼敢于挑战母亲。自从母亲宣布不再让她踏进家门后，她去过母亲家一次，母亲被她气得发抖，拿着一根棍子要打她。她站在那里一动不动。你要打你就打吧。母亲的棍子果然落了下来，她被打出了血。她易怒的脾性就爆发了，狠狠推了母亲一把，母亲被推倒在地。母亲就躺在地上大哭起来。那一刻兆曼发誓不再回这个村子。可她心里总惦着母亲，还是每年回来一次。她再也不进母亲家。回村后，她在村子里到处转，为的是能碰到母亲。要是远远地看到母亲小巧但装满了愤怒的身影，她便表情夸张地同村子里的人兴高采烈地说家长里短，好像在对母亲示威。母亲回家后不再从屋子里出来。她知道母亲独自一人在屋子里生闷气。

已经十多年了，兆曼没好好看看母亲的模样了。现在母亲死了，她可以站在母亲前面，距离还不到一米。见到母亲的遗体，她有一种强烈的哭泣的冲动，她忍住了。她感到心头像发了酵一样，有什么东西在喧嚣个不停，仿佛心里有一个热带风暴正在形成。这会儿母亲就躺在前面，那些曾经让她害怕的威严的皱纹现在变得柔和了许多，头发也比往常温顺，服帖地粘着脸颊。死了的母亲让她感到陌生。这种陌生感更加重了她的悲哀。她知道同母亲的战斗结束了，没有输赢地结束了。她感到眼泪快要出来了。

她收起注视着母亲的目光，转过身扫视了一下屋子。她得干点事转移心中愈发泛滥的情感。虽然她对母亲爱恨交加，但是她决定给母亲葬礼最好的排场。她知道乡下人最看重这一套了。

她叉着腰，开始向兆娟询问葬礼的事，样子俨然已成了这个葬礼当然的总指挥。兆娟同她说了一些情况，她不住点头表示认可。最后兆娟说出了她的担心，她指了指大哥，说，他已有两天两夜没睡了。兆曼皱了一下眉，点了点头。

兆曼左右前后看了看，又问："红宇他爸还没来？"

兆娟说："他爸去了贵州，干部交流。去了有一年了。"

"通知他了吗？"

"电报是打过去了。他那地方闭塞，听说一个星期才通一次邮，路上也得三四天。恐怕他赶到，丧事也办完了。"

兆曼向兆娟挥了挥手，意思是说知道了，忙你的去吧。

她在一旁观察大哥。大哥完全不像男人，像一个被阉割过的太监。男人应该顶天立地，哪能像大哥那样整天看母亲的脸色行事。看着大哥这个模样，兆曼有一种悲愤从心头涌出。这一切都是母亲造成的。母亲总是把自己的意志强加到别人身上，把这个家庭搞得一团糟，母亲自己还没有意识到。

"大哥，你去睡一觉吧。兆娟说你都两天没睡了。"

大哥没吭声。

"你这是何苦来着？"兆曼显然对大哥的沉默有点气恼，高声地说，"你对她够好了，她躺在床上这两年都是你照料的呀，谁不知道你是孝子啊。"

大哥直视前方，没任何回应。只要大哥不吭声了，家里人就不会再劝说，都知道这种状况兆根很危险。兆曼是个急性子，她管不了那么多，她一定要让大哥去睡上一觉。

"没人规定长子一定要守着的呀，睡一觉难道就不孝了？"

大哥看了一眼兆曼，不认识她似的。这一眼看得兆曼胆战心惊。兆曼叹了口气,说:"你怎么这样死脑筋?嗯,她待你又……"兆曼看了看母亲,忍住不说了。

四

大姐和大哥说话的当儿,兆军在隔壁房间直愣愣看着城里来的姑娘们。他显得有些腼腆,一副想笑但又不敢笑的神情。母亲刚死,他本能觉得笑不应该。

城里姑娘脸上表情比较严肃,她们没坐下,好像坐下是不尊重死者的表现。兆军殷勤地搬来凳子让她们坐。她们用陌生的目光打量兆军。

一个大嘴巴大眼睛的姑娘轻声对兆军说:"兆军,你变好了呀。"

兆军笑了一下。他的笑容里充满孩子式的调皮。看到他的笑容,那姑娘又说:"看来是装的,你还那样坏。"

大嘴姑娘叫刘燕。不过是不是真的叫刘燕只有鬼知道。兆军曾经去大姐店里帮过忙,那会儿刘燕已在店里。今天来的六位姑娘中,他认识其中的四位。刚到店里,兆军不知道这些姑娘们是干什么的。店里有这么多漂亮姑娘让他心花怒放。没几天,他就知道她们是干什么的了。后来就是这个叫刘燕的姑娘主动找他睡觉的。刘燕告诉他,她就喜欢不经事的愣头青。这以后,他变成了一个浪荡公子,几乎同店里所有的姑娘有染。他赚的钱都花在这里了。大姐发给他的工资不高，他入不敷出，欠了姑娘们一屁股的债。没多久他染了一身的病。

他得病后，大姐才知道他的勾当，狠狠地骂了一通，并把他从城里赶了回来。兆军回村后像中了邪，常找村里的女人。为此他没少挨村里男人的揍。他依旧乐此不疲，被揍了后还不收敛。母亲从来不管他，母亲这辈子最宠的就是他，他干什么事，她都原谅。他一点也不怕母亲。

姑娘们满是香气。闻着香气，他激动得发狂，浑身都颤抖起来。他很想伸出手去抚摸她们柔软的胸脯。他抚摸过她们，至少摸过其中的四位。他知道她们在他抚摸下的反应。他控制住了自己。母亲的尸体躺在厅堂上，屋子里人也多，打情骂俏不是时候。小便宜他还是占了一点，他伸出手去，拉住她们叫她们坐。她们的肌肤是多么细滑，多么令人心动啊。

姑娘们坐了下来。她们的注意力依旧在厅堂里。她们的眼神穿过房间门到达厅堂。其中一个穿白衣的姑娘一直看着大哥，好像她发现了大哥身上的秘密。她眼中还有泪影。兆军对这个白衣姑娘没什么兴趣，她看上去虽然漂亮，但显得太单薄。他喜欢大嘴刘燕，什么都丰满，嘴丰满，胸丰满，屁股也丰满。他的目光一直跟随着刘燕。

刘燕好像知道兆军看着她，也没回头就问："你哭过吗？"

"我哭什么？"他不以为然地说，"一个大男人，有什么好哭的。人嘛，总有一死的。"

"我知道你是个没心肝的人。"

"我怎么没心肝了？"

"你自己心里明白。"

兆军脸上涌出暧昧的笑容，用一种近乎油滑的腔调轻声说："你难道不知道我只喜欢你。"

"去去。"刘燕不以为然地说，"也不看看这是什么地方。"

他们正有一句没一句说着话，大姐兆曼一脸严肃地进来了。姑娘们的脸瞬间变得悲伤。兆军知道姑娘们只是装给大姐看的。她是老板娘，有什么办法。

大姐见到兆军坐在姑娘们中间，皱了一下眉头，说："你坐在这里干什么？"

"我陪陪客人们。"

"她们用不着你陪。"她想了想，又说，"你去帮道士们的忙，他们画符咒，需要帮手。"

兆军天不怕地不怕，大姐他还是有点怕的。他恋恋不舍去了院子。他回头向姑娘们挤了挤眼睛。姑娘们神色木然，假装没看到。

五

姑娘们坐在里间，她们的老板娘兆曼又进来了。老板娘对她们说："你们晚上要住在我妹家。"刘燕注意到兆娟听到这安排有点吃惊，猜想老板娘肯定没同她商量过这事。她们的老板娘办事霸道，凡事自作决断。老板娘就叫一个孩子带她们去住的地方。

从灵堂里出来，姑娘们就放松了，行为举止变得放肆起来，相互开起一些玩笑。"小玉，你是不是在拍老板娘的马屁呀？你还真跪下来了。""呸，你们说什么呀，我跪下来是因为她像我的外婆。""小玉，你可真是孝。"她们经常联合起来调笑那个穿白衣的姑娘。

刘燕觉得老板娘兆曼女士真是个奇怪的女人，她竟带着她们来奔丧。不过刘燕马上想通了，她们的老板娘本来就是一个好排场的女人。她们店里生意好而安全都仗着她这份爽直和排场。老板娘以前没同姑娘们讲起自己的身世，姑娘们不知道她竟来自这么偏僻的乡村。当她们坐着中巴在村子的道路上颠簸时，她们对这个村子的闭塞程度感到吃惊。

姑娘们背着包，跟着领路的少年。刘燕觉得这少年很有意思。她有几次捕捉到少年偷偷看姑娘们的眼神，有一种稚气的羞涩。刘燕觉得少年已懵懂知道男女之间的事，瞧，他嘴唇上都有了一层毛茸茸的胡子了呢。她觉得那些柔软的绒毛可爱至极。那少年没回头看一眼，同她们保持着一百米的距离。刘燕知道他其实时刻注意着她们。他走在前面，动作都有点僵硬，好像他的背后有一支枪瞄准着他。刘燕觉得这少年很有意思，就想逗逗他。刘燕就是喜欢乳臭未干的小男人，见到他们，会涌出不可抑制的母性冲动，产生把他们搂在怀里的欲望。她在这方面吃了不少亏。在城里，即使这样的小男人也很坏，虽说她也算是个阅人无数的女人，却不时要上小男人们的当。不过眼前这个少年看上去纯真无邪。乡下的小男孩就是老实。她已喜欢上这个孩子了。

"喂，小孩，你走得慢一点，我们都赶不上你了。"刘燕喊。

姑娘们都笑起来。一个说："刘姐，你老毛病又犯了？"

"去去，死丫头。"

那孩子在前方站住，回过头来看着她们。

"这么热的天，你还走得这么快，我们还背着包呢，你想累死我们啊。"刘燕把包放在地上，懒洋洋地对着那少年招手，"小孩，你帮我背。"

孩子红着脸，在原地站了好一阵子。一会儿他面无表情地朝她们走来，好像他浑身不愿意似的。少年没走向刘燕，而是到了小玉面前。小玉背着一个不小的双肩包，她的脸被太阳照得白里透红，额头和鼻子上满是汗水。那孩子二话不说，接过小玉的包，没等小玉反应过来，孩子就背起包加快步子跑了。

"唷，这小孩，帮忙还看人头呢？"刘燕夸张地叫道，"我好像没得罪这小孩吧？"

别的姑娘们都笑了起来。有人说："刘姐，看来小孩不爱你，他爱小玉。小玉，你要当心啊。"

一会儿到了孩子的家。孩子把姑娘们安顿好。母亲已交代好了的，家里一间专门给客人住的房间里有两张床，可以住四个人，孩子睡的房间也要让出来给姑娘们住。

姑娘们安顿完，聚集在孩子家的厅堂里。厅堂有一张八仙桌，一天下来姑娘们感到累了，她们歪七歪八坐在椅子上。

"坐了一天的车，累死人了。"休息了一会儿，刘燕首先发出了声音。她拿出化妆盒开始补妆。一会儿她又大又厚的嘴唇变得鲜艳无比。

刘燕补好妆，见孩子站在门口，说："喂，小孩，你过来，给我敲敲背。"她露出既像是挑逗又像是调侃的表情。

"呀，刘姐，你就别逗他了。你瞧他的脸，红得像个大姑娘了。"一个姑娘说。

"你不愿替我敲？你一定愿意替小玉敲是不是？"刘燕依旧不放过他。

刘燕感到门口暗了一下，那孩子被挤到一边。兆军嬉皮笑脸地进入厅堂，身上带着一股子热风。

兆军说："我来给你们敲背吧，姑娘们。"

屋子里一下子充满了笑声。刘燕见那小孩趁机溜了。

"谁要你敲背啊，你这个流氓。"

"那你们给我敲吧。"

"喂，你老娘尸骨未寒呢，你不去守灵来我们这里胡闹。"

六

红宇来到院子里，听到屋子里充满了笑声，突然感到一阵沮丧，好像一种他喜欢的气氛一下子被破坏了。他有点恼恨小舅的到来。红宇的耳朵一直竖着，他不知道小舅是不是真的在给哪个姑娘敲背。他发现自己竟有点嫉妒小舅。

红宇长这么大了从来没见过这么漂亮的姑娘，她们好像从图画里走出来的一样，虽然红宇曾听小舅说起过她们，以前红宇没有概念，他见她们从汽车上下来，被她们镇住了。

他尽量装作对她们没兴趣，但他无法抑制自己不注意她们。当他领着她们回家时，他把所有的注意力都集中到背部，他觉得他的背部长出了无数双眼睛，他不用回头，就可以看到她们的一举一动。他感到她们的笑声就像一股热浪拍打在他的背上，他的背部产生一种灼痛感。红宇听着她们的笑声，感到外婆死亡后一直在他心头盘绕的神秘气息被冲淡了一些，他的心头好像长出一种类似春天的嫩芽的东西。他觉得死亡就像一块巨大的天幕，而她们的笑可以在这天幕钻出几个洞。

现在红宇知道那个话多的姑娘叫刘燕。红宇觉得这个大眼睛大嘴巴的女人身上有一种令人生畏的放肆，但刘燕确实也是个美丽的姑娘，她笑起来清脆、张扬，像空气中燃放的鞭炮。

红宇喜欢看的不是刘燕，而是那个穿白裙子的姑娘。他还喜欢小玉这个名字，带着柔和的光亮。小玉敬拜外婆时是那样虔诚，还说红宇的外婆像她的外婆。红宇的心头对小玉产生了一种无法言说的亲近感。

在安排房间时，红宇按自己希望的，让小玉住到他的房间里。他希望她柔软的身体能躺在他睡过的地方。红宇进屋做的第一件事是把小玉的包放在自己的床上。当红宇领着小玉和另一个姑娘走进他的房间，红宇的心怦怦地跳起来。晚上小玉真的要睡在他的床上了。"这是我睡的床。"红宇突然对小玉说。小玉的脸红了。红宇的脸跟着红了起来。他补充说："不过，被子都换过了。你放心，很干净的。"小玉对他笑了笑，问："你多大了？"红宇说："十四岁了。"小玉不无调侃地说："是小伙子了。"红宇从小玉的身上嗅到了香气。他想，这香气会留在他的被单上。他的心头热了一下，一些温柔的情感在身体里扩散。

屋子里，小舅和姑娘们还在闹。红宇觉得小舅不应来这里，而是应在灵堂。那边有那么多事需要他做，他却在这里寻开心。小舅真是个没良心的家伙。外婆活着时就宠小舅一人。外婆曾告诉红宇，她宠坏了小舅，她死后最不放心的就是小舅。

空气中突然传来音乐声，听上去虽然很遥远，却显得激烈、昂扬，好像空气里某种东西突然被激活了。这音乐仿佛来自天边的云层，从天而降。一会儿红宇才搞明白音乐声来自外婆家。红宇猜想道士们已摆好了架势，在准备晚上的功课。音乐声把刚才的欢乐一下子掩盖了，那个叫死亡的巨幕又一次笼罩在了红宇的头上。红宇觉得这音乐声里隐藏着一种怒气冲冲的东西，很像外婆发怒的样子。是不是外婆在为这里的欢乐生气呢？红宇的心紧缩了一下。他注意到刚才喧闹的屋子顿时安静了下来。

七

　　天一暗下来，道士们开始做仪式了。他们穿着道服，挥动着剑，口中诵唱着人们听不懂的经文。其中的三个道士没有舞蹈，他们吹奏着各种各样的号子，曲调高亢。几个作法的道士伴着乐声，手舞足蹈，手中的宝剑一会儿指天，一会儿转动，眼神既专注又麻木。这会儿他们看到了灵魂和灵魂一起舞蹈吗？作为长子，兆根跪在灵台前，披麻戴孝，神色肃然，眼神依旧脆弱而迷茫，好像灵魂已不在他的身上。死亡了的母亲脸上有一种令兆根陌生的置身事外的安详，仿佛道士们的功课与她或她的灵魂无关。兆曼带来的姑娘们坐在一旁看道士表演。

　　兆根感觉到那些姑娘看着他，感到莫名紧张。他的眼前出现一团纷乱的色彩，什么颜色都有，像是有无数只色彩各异的萤火虫围绕着他，令他头晕。他闭上眼睛，想让眼前的色彩消失。可是他一闭上眼睛，她们身上的香气像一条条蛇一样钻到他的鼻隙。他从这香气中想象她们的乳房和屁股，让他燥热，产生一种运动的欲望。他非常害怕。这不是好兆头。每次犯病时，他都会看到乳房和屁股，并且浑身是劲。他知道不让自己犯病的办法，只要想想母亲，让母亲来控制他，他就不会越轨。他把目光投向母亲的尸体。他的生活一直是由母亲做主的，他对母亲言听计从。每次他发病，只要母亲出现在面前，他一下子变得温顺起来，会不由得收起凶恶而张牙舞爪的模样，尽力恢复正常的状态。现在母亲死了，母亲管不了他了，有一些自由的情绪在身体里生长，他害怕这种情绪，母亲不喜欢他身上这种东西，不喜欢他犯病。他希望死了的母亲能帮帮他，给予他力量，希望母亲的灵魂来到他身体里。有那么一刻，他真的感到母亲的意志钻到了他的身体里，他稍稍平静了一些。

　　道士们要求兆根和他们一起作法。这是长子必须做的功课。他们给了他一把剑。一个道士说，他只要跟着他们做就可以了。兆根一脸木然，握着剑，跟在道士们身后，比画起来。兆根的动作僵硬，很不协调，似一具木偶。他注意到手中的剑寒光闪闪。姑娘们都围过来看他舞剑，他不由得挥舞得夸张起来。

　　姑娘们围过来看他舞剑，她们对如此复杂的仪式感兴趣。她们兴致勃勃，偶尔轻声议论几句。兆根听得见她们在说什么，她们说得再轻，他都听得见。他的所有注意力都在她们身上。她们在说，他披麻戴孝，手握宝剑，像一个戏子。听到戏子这个词，他感到身体飘了起来，体内没有一根骨头，也没了重量，变成了一根羽毛在天上飞。他的动作不由得有了表演感。他比画着剑，眼中有一股子狠劲，仿佛他的剑随时会刺向场外的某个人。他几次把剑指向那些姑娘。

他看到那些姑娘脸上有了惊恐之色。他喜欢看到她们惊恐的样子。

兆军轧在姑娘堆中。姑娘没来之前,兆军显得没精打采,觉得母亲死亡是一桩天经地义的事,对母亲的死亡没什么反应。自从兆曼带了姑娘回来,兆军一下子精气神十足,两只眼睛像手电筒似的发光。兆军没让自己闲着,一会儿在姑娘堆里钻来钻去,一会儿和村里的男人说说笑笑。

第一道法事做完了。第二道要在一个小时后开始。姑娘们失去了刚才的兴致,打起了哈欠。整个丧事期间,亲朋好友一直在打麻将(这不奇怪,乡下人把丧事当作喜事来办的),只有在做法事时他们才停下来。他们不会让这一个小时白白流走,又打起了麻将。兆根依旧立在院子里。他虽然没进屋,但他知道姑娘们也在打麻将。只要他愿意,不用眼睛就可以看见所有的东西。他闻着她们身上的气味就知道她们的形象,她们的动作,她们的笑容。

兆根试图把对姑娘们的想象从脑子里清除。可是他憋不住,依旧"看见"了她们。兆军坐在她们身边,他的大腿贴在那大嘴美人的大腿上。兆军还伸出手去抚摸她,那姑娘没有任何反应,而是把注意力集中到麻将上面。直到有人和牌,大嘴姑娘白兆军一眼,把兆军的手挪开。兆军一直涎着脸贴着那姑娘。村子里的男人站在一旁观看,他们离姑娘们越来越近,脸上布满了兴奋和轻浮的笑意。

兆根感到自己快坐不住了,他的身体飘了起来,飘进屋去，他像空气一样钻入她们的衣服，钻入她们的身体。茫然从他的眼中慢慢退去，变成了一缕可怕而危险的光芒。他感到魔鬼从他的身体里面钻出来了。这是母亲说的。每次母亲说起他的病时，母亲就说是魔鬼从他的身体里钻出来控制了他。

　　他听到周围突然响起了音乐声。这乐声吓了他一跳。道士们操起了家伙，第二道法事开始了。道士们这回吹出一种急促的音乐。鼓点急促，锣声急促，但那些乐器却停在某个音上无限延绵，好像时间停止了，或者灵魂进入天堂是一件既瞬间又永恒的事。兆根在音乐里看到了母亲。母亲的灵魂在那音乐里，正看着他。母亲还在他身边，管着他。他身上的魔鬼就又退了回去，感到自己平安了一点。他重新坐了下来，等待道士们叫他做第二道法事。

八

　　她们正在打麻将。男人们涎着脸站在一旁。他们早已把这个葬礼给忘了。大姐真是古怪，竟然带了一群三陪女回来。这算是哪门子事呢。不过冯家的孩子都有一些古怪的念头。

　　兆娟深感生命的空虚。多年来空虚感一直盘桓在她的心头。她把它看成知识分子的毛病。她确实算是村子里的知识分子。在观念和看法上她和乡里人是多么不同。乡里人对她很客气（这倒同她母亲对她的态度相似），好像她不是这个村子里的人。是她太清高了吗？为什么不能和乡里人打成一片呢？在村子里他们是不会理解她的痛苦的。他们是多么自得其乐，即使在这个葬礼上，即使在悲伤的时刻，他们还不肯放弃快乐。他们围着姑娘们，你能感到他们身上每个细胞都在激动地分裂。

　　她感到自己的生命一直是被束缚住的。她的生命有一个除了自己之外的另一个主宰者。这个主宰当然就是母亲。她从来没有违逆过母亲的意志。她本来是可以不回村的，她师范毕业时可以留在省城。母亲不愿意子女在外面，一定要她回来。兆娟为这事跑回家。母亲说，我要你们都留在我身边，我要看着你们，我辛辛苦苦把你们养大，这点要求不高。兆娟说，我有男朋友了，我得同他在一块。母亲说，如果他来真的，他就应该跟你回来，做我的女婿，我担心他在骗你。母亲总是很多疑。她说，妈，他怎么会来，他是城里人怎么会来这个鬼地方。母亲生气了，母亲说，你们都跑吧，我早看出来了，你读书就是为了从我这里逃离，你不想回来你就滚吧，从此不要再来见我。她明白拗不过母亲，她这辈子还没有一次拗得过母亲。母亲随时都可以把她拽住并粉碎。她只能屈服于母亲。大姐的事是最好的例证，如果她不想像大姐那样让母亲伤心，她就得回来。她回到了这个偏僻闭塞的村子里的小学教书。

　　母亲并不因此而高兴。母亲知道她内心的不甘和委屈，从此后对她很客气。母亲是个敏感的女人,她希望自己的子女心甘情愿地服从她,心甘情愿地待她好。如果让她感到子女们是不情愿而为之,她还是生气。

男友真的同她回到了小村。他们结婚了。仅仅过了一年,他就待不下去了。他是城里人,受不了乡下的寂寞。他调走了。他要求她也一起走。她没走。她没办法走。他不能理解她。从此后他很少回村。那一年,她有了红宇。

一晃过去了十多年。其间她也想过调到他的身边。那时候她对母亲充满了怨恨,感到自己有力量违抗母亲的意志。可是丈夫已没了这个心思,或者他压根儿没想过兆娟会有这个愿望。她最终不好意思向他提这事。这十多年中,丈夫渐渐变得抽象了,变成了一个干巴巴的符号。他们很少见面,偶尔见了面彼此都很客气。她知道他对她非常不满,这十多年中,他让不满变成了沉默。他在外人面前快快乐乐的,在她面前变成了一个哑巴。也许是因为对生活失望,也许是出于对她的报复,他离她越来越远。他从地区调到省城,后来他又参加了支边援教,去了贵州。那里也是山沟小村啊,他甘愿去了那地方。她自己倒也罢了,最不幸的还是红宇,现在红宇像一个没爹的人。她对此很愧疚。

这一切都是母亲造成的。母亲现在走了,她不会为此承担任何责任。母亲死前没同她说一句话,没给她一个安慰的说法,她就走了。她突然觉得以前为母亲所做的一切毫无意义,甚至有一种荒谬之感。

兆娟不由得失声痛哭起来。旁边的人以为她在为母亲哭泣,都来劝慰她节哀。只有她自己知道这完全是在为自己哭泣。

她从痛哭中抬起头来,在院子外,在黑暗中,有一副眼镜片在闪烁,一双关切的目光透过镜片落在她的身上。她的心慌了一下。那是小李。

这个比她小十多岁的沉默寡言的男人关心她。小李是五年前来村小学的,他来之前,村小学只有兆娟一位老师。兆娟把所有的精力都投入到了孩子们身上。她对小李的到来没太在意,心里断定小李不会在这个村庄待多久的,他马上会厌倦这里,然后远走高飞。小李待下来了,一待就是五年。小李言语不多,却非常细心,注视她的目光里有一种温暖人心的东西。这东西让兆娟心慌。后来有了传言,小李不走是为了兆娟,他们说小李迷上了兆娟。听到这个流言兆娟倒是没有太多反感,反正她没做错什么,心里很坦然。不过她承认他们的传言也不是空穴来风,小李似乎对她有异乎寻常的热情。她回避这种热情。某些晚上,兆娟会想想独个儿住在村小学里的小李,发现她其实是很惦记着他的。她还是会想自己的丈夫,她不知道他在干什么。她对他无从把握。这样的夜晚,她倍感生命的空虚与无奈。

兆娟想独自待一会儿,想去什么地方透口气。她朝村子深处走。道路很亮,月亮藏在那些屋檐后面,她仿佛看见了它,安静、神秘,就像一道永恒之门。兆娟觉得它的光亮就像是洗洁剂，把村子里的一切洗干净了。走在村道上，道士们的功课一下子被推到了遥远的地方，他们诵唱的经文和乐器奏出的乐声听上去若有若无，仿佛被广大无边的天空消融了。

兆娟害怕在路上碰到小李，又隐约盼望着能碰到小李。

九

红宇喜欢站在这些白布下面，白布拂着他稚气的脸，脸上生出一种令他舒服的痒痒的感觉。大舅跟着道士们做着各种各样的动作。大舅手中的那柄剑令红宇不安。红宇担心大舅把剑刺向周围的人。

看到大舅紧张的模样红宇有点难受。大舅的生活很可怜，活了大半辈子，还是个单身汉，又有这样一种病。大舅确实是一个孝子，外婆躺在床上的这两年全靠大舅照顾。大舅给外婆端茶送饭，擦身倒尿，外婆的脾气又不好，一不顺心就要骂大舅。大舅是出了名的好脾气，一副和顺的样子，不会违逆外婆。

道士不断重复的吟唱，听起来非常神秘，多听了给人单调的感觉。红宇已经听得兴味索然。

小舅左右顾盼，不知道小舅在找谁。后来红宇意识到小舅在找姑娘们。姑娘们这会儿不在了。红宇没注意她们是什么时候走的。一会儿红宇看到小舅匆匆离去。

红宇感到周围变得空荡荡。其实周围都是人，村子里不少人都在观看道士作法，走掉几个人显不出来的。红宇知道他的这种感觉同姑娘们离去有关。她们干什么去了？睡觉去了吗？小舅肯定找她们去了。红宇的心跟着被带走了，他看着香火缭绕的香案，魂不守舍。他很想去家里看看。一会儿，他也从人堆里溜出来。

　　红宇回到家门口，空气中有芬芳的气息，他深深地吸了几口，感到某种温暖人心的东西直抵心头。家里静悄悄的，她们睡了吗？不过他马上意识到这不可能，小舅不会让她们这么早睡的。小舅这个流氓一定会缠着她们玩的。红宇爬上楼梯，房间的门关着。他把耳朵贴在门上，里面什么声音也没有。他有点焦虑，搬来凳子，从窗口往房间里瞧。她们不在。他不知道她们去哪里了，感到有点儿失落。

　　他站在自家阳台上，村庄就在眼前，村子里的灯火已经暗了，只有村中间外婆家里灯火通明，被夜晚的雾气包裹，显得飘摇不停。这个夜晚，外婆家的灯火是不会熄灭的。她们却消失不见了。她们干什么去了？他感到她们无处不在，好像与这村庄浑然一体，合二为一了。空气中源源不断传来她们的香味。

　　红宇走在黑暗的村子里。村子的西边是群山，群山在月光下显得生机勃勃，好像它们正在此起彼伏。红宇感到在山上在村子的每一个角落似乎正发生一些隐秘的事情。是些什么事呢？红宇无法想象。他只是感到孤单，觉得自己是一个被遗弃的人,被排斥在了欢乐之外。

红宇再次来到外婆家。道士们的法事还没完,围观的人比刚才少多了。村里的人都有早睡的习惯,他们大概支撑不住回家睡觉了。道士们的功课要做到子夜过后。白天听来有点儿喧哗的锣鼓声,这会儿听来清凉、安谧,有着黑夜神秘的气息。红宇找了个位置坐下,心里想着她们究竟在哪儿。

道士们终于在十二点钟完成了他们的功课。道士们开始吃早已准备好的午夜点心。红宇也胡乱吃了一点回家睡觉了。他走进自家院子,一个黑影从窗口跳了下来,同红宇撞了个满怀。红宇吓了一跳。在这个充满死亡气息的夜晚,什么东西都能吓着红宇。一会儿红宇才反应过来那是一个孩子。他抓住那个孩子,踢了那孩子一脚。

"干什么呢,慌慌张张的。"

红宇抬头看了看窗口,猜到那孩子刚才在干什么?

"她们都回来了?"

孩子点点头。

"她们刚才去哪里了?"

"你小舅不让我说。"

"为什么不让你说?"

孩子显然不想回答这个问题,像一枚泥鳅那样溜了。

时候不早了,红宇困了。今天晚上他将睡在母亲的床上,而母亲要在外婆家守一夜的灵。他在床上躺了很久,一点睡意都没有。他知道这是因为她们住在这屋子里的缘故,他满脑子都是她们的形象。她们的形象让他浑身发热,这种感觉有点像过年前去城里澡堂洗热水澡一样舒坦。

因为睡不着,他索性起了床,这会儿整个村庄都安静下来了,连一声狗叫声都没有。空气有点儿潮气了,不再如白天那般闷热。红宇不知道有没有灵魂,外婆的灵魂是不是已被道士们的诵唱送上了天,还是外婆的灵魂还藏在她的身体里。红宇觉得这些事很复杂,很想去问问道士们,又觉得不好问。道士们也许并不懂。道士脱了道袍后不是太严肃,他们也许根本就不相信人死后有灵魂这码子事。道士班里有一个吹唢呐的妇女,他们脱下道袍吃点心时老是开她的玩笑。红宇有一次瞧见一个道士偷偷地摸了一下她的屁股。

红宇回头看了一眼自己的房间,想起那个叫小玉的姑娘正躺在自己的床上,感到很温暖。他愉快地笑了。

十

兆曼一夜没睡,只在清晨时坐着打了一个盹。她是听到哭声才醒来的。她以为是女人们在为母亲哭泣,凝神一听,发现这哭声很远,不过正在慢慢靠近。她不知谁哭着到这里来。这样一想她完全醒了。天已大亮,天空像昨天一样晴朗,清晨的太阳明晃晃地挂在东边。他们已经把棺材放到厅堂里了,棺材泛着一种暗红色的光泽。母亲今天要送到山上去了,一会儿母亲将装进棺材里,盖子一盖就再也见不到母亲的容颜了。她同母亲这辈子的恩怨也就了结了。

哭泣的是一个女人，她是来找兆曼的。女人的后面跟着一群孩子。虽然兆曼一年也就回村一趟，不过她认识这女人。她是兆娟的邻居，几年前嫁到本村的。女人的声音有点收敛，她尽量不想让人知道她哭泣了，不过又想让人知道她的愤怒和委屈。兆曼不知道女人为什么哭。据兆曼了解，女人和丈夫很恩爱，夫妻俩很少吵架的，只是还没有孩子。

这对夫妻因为没有孩子，大概心里面有缺憾吧，脸上总是有一些阴影。这是兆曼的直觉。兆曼想，他们脸上虽然光滑，总觉得比别人少了一份精神。别的人家不管有多累，孩子有操不完的心，但他们看上去都有一种坚定的神色，好像他们已像一棵树那样扎在生活的泥土里，而这对夫妻，脸上有一种浮萍的气质。他们走路时总给人一种轻飘飘的感觉。如果在晚上碰到他们，会吓一跳的，他们无声无息的样子很像孤魂野鬼。兆曼听说，兆军从城里回来后，同那家的男人关系很好，很谈得来。

还没等女人开口，兆曼已经猜到那女人是来告状的。一定是兆军昨晚带着姑娘们胡作非为。她猜得没错，果然女人哭泣着向她诉说起来。哭泣使她的话听起来含混不清，不过偶尔还是可以听清楚一些关键词的，"……他把我的钱都偷走了……呜呜呜……他为了快活把钱……呜呜呜……他身上……呜呜呜……口红……呜呜呜……骚货……呜呜呜……不要脸……呜呜呜……把老公带坏了……呜呜呜……"兆曼不能断定兆军是不是干了这事,她觉得不能啊,老娘挺着尸呢,兆军怎么可以这样胡来。不过冯家的孩子是说不准的,兆军什么事干不出来。如果他真这么做了,那可真是个不肖之子啊。她决定把兆军叫来,问个清楚。兆曼已出离愤怒了。

她黑着脸,向屋子里奔。他一定在姑娘们中间。姑娘们都到了。今天母亲要出殡,每个人都要披麻戴孝。兆军已打扮停当,正在帮姑娘们穿孝服。姑娘们对这身打扮很有兴趣,正在兴致勃勃地试穿着。兆军穿着孝服轧在姑娘们中间,看上去有点滑稽。

兆曼一把抓住兆军,把他拉到一边。

"你昨晚干了什么?"兆曼的声音很响亮,许多人向他们侧目。

"没干什么呀。"兆军的声音听上去有点做贼心虚。

"你收村里人的钱?都这个时候了你还干这个事?"

"是他们缠着我。"

"她待你那么好,这辈子就疼你一个,她死了你还胡来,你还有良心吗?"

"你孝?"兆军一副刻薄的嘴脸,"她生病了你都不送她去城里的医院治。"

兆曼给了兆军一个耳光,吼道:"你说话要凭良心。是她自己不愿去。"

兆军说:"如果你孝的话她会不愿意去?"

一会儿,兆军脸上浮现残忍的笑意,说:"她死前都说过,不要你来参加葬礼的,你说你算不算孝?"

兆曼愣住了，眼里突然涌出了泪光。她强忍着不让眼泪掉下来。她凶狠地看着兆军。兆军低着头像个犯了错误的孩子。兆曼满怀悲伤，她希望妇女们这个时候哭泣起来，她可以借机痛哭一场。她观察了一下院子里的情况，各个部门都就位了，出殡的仪式即将开始。她实在憋不住了，转过身便哭出悠长的腔调，奔向母亲的灵柩，眼泪源源不断地流了出来。妇女们都跟着哭泣起来。

十一

母亲的棺材就放在兆根前面。昨夜他没睡，一直坐着守灵，连一个盹都没打。整个晚上，他脑袋一片空白。早上他怎么也想不起昨夜做了些什么。不过兆曼在他面前打盹的模样他记得。现在他脑子都是兆曼打盹时虚弱的模样。别看她醒着时一副盛气凌人的模样，她坐在椅子上睡着时脸上的表情软柔而无助，嘴角还流着一线口水。兆根已有三天三夜没睡了，奇怪的是他没有困的感觉，而且似乎变得越来越有劲，越来越精神饱满。他感到自己甚至可以把眼前的棺材背起来跑步。兆根不由得看了看棺材，棺材令他感到陌生，仿佛眼前的棺材和以前的不是同一具棺材。

在道士们的吹奏舞蹈中，他们都行动起来。母亲马上就要入殓了。妇女们都哭了起来。他们吟唱出的悠长的腔调和器乐单调的曲子形成强烈的对照。

兆曼带来的姑娘站在一旁哭泣。这是兆曼带她们来的目的，兆曼喜欢排场，她认为哭的人越多，意味着死者在天堂的地位更高。有几个姑娘真的流下了泪水。他不了解女人，女人们喜欢哭他是知道的，只要给女人们一个机会，一个可以毫不掩饰地流泪的机会，她们就会哭个没完。她们可不是在为母亲哭泣，可能在为自己的伤心往事哭泣。兆根觉得即便她们哭泣的时候依旧是动人的，令他心痒。兆根听到音乐里出现发怒的声音，母亲的尸体似乎也跟着动了一下。他想不该对那些姑娘胡思乱想，母亲这是生气了。

按照风俗，母亲将由他们兄妹四人抬着放入棺材里。头部将由兆根负责，兆军负责母亲的脚，女人们抬中间。兆根捧着母亲的头，他没想到母亲会这么冰凉，脸上露出诧异的表情。四个人终于把母亲抬了起来。他们抬得很小心，好像母亲是一件易碎品。母亲看上去很小，仿似一位未成年人的身体。他们异常小心地迈着沉重的步子。尸体确实非常沉重。他们终于把尸体移到棺材口。

当他们把母亲放入棺材的一刹那，兆根觉得一直压在他身体上的某种东西离去了，他感到身体浮了起来。这让他害怕。他知道母亲正在离去，母亲从他的身体里出走了。道士们正指挥着冯大爷把棺材盖盖好并钉死。兆根知道如果钉上棺材盖母亲不可能再回到他的身上，他的身体就要飞到天上去，他再也控制不了自己的身体了。兆根大哭着要爬进棺材去，和母亲待在一起。他们都来劝他，叫他节哀。他们一定以为他是过分悲伤才这样的。兆娟没有劝,她的脸色煞白,她知道这是怎么回事。她在兆曼的耳边嘀咕了几句,兆曼的脸色也变啦。兆曼叫来兆军,叫兆军把兆根抱住。兆军一脸惊恐。

"你怎么不动手?"

"他这个时候力气大,没办法制住他的。"

"那怎么办?"

"得请村里的人帮忙。"

兆军去叫村里的人。

"都这个时候了,兆根你不要这样,传出去让人笑话。"兆曼哭着说。

兆根没理兆曼,继续往棺材里爬。道士们不耐烦了,说,快盖棺吧,时辰快要过了。其中一个佩剑的道士一把抱住兆根,把兆根拖离棺材。其余几个道士的动作很快,兆根一离开,他们就把棺盖钉上了。兆根再也看不到母亲了。

现在母亲管不了他了。他身体里面有一些力量在成长,他太熟悉这感觉了,他很喜欢这力量,但母亲认为不好。母亲就在他的身体里管着这力量。这力量会让他变成一个巨人,一个天不怕地不怕的巨人,没任何东西束缚他。

他眼珠藏在了眼睑里面,看上去像一个盲人。他不盲,能看清周围的一切。他敏捷地伸手把道士腰间佩着的剑抽出,学着道士昨晚上做功课的模样,剑指着右上角,围着棺材转动起来,口中还学着道士腔调吟唱。周围的人见此情景十分恐惧，仿佛见到了鬼。兆根看着他们的表情就想笑，他们惊慌的模样比死亡还丑陋，也许死亡正在他们的身体里延续。村里的孩子们倒是一点也不在乎，他们见状笑出声来。那些哭泣的城里来的姑娘正用奇怪的眼神看着他。他的剑在她们面前掠过，她们惊恐的表情让他感到快乐。

听到孩子们哄笑，兆根受到鼓舞，他变得越来越轻佻，竟然拿着剑去挑城里来的姑娘的裙子。姑娘们向屋外逃，一边逃一边尖叫。兆根听出她们尖叫里藏着某种兴奋。兆根提剑追那几个姑娘，一脸英雄气概。过去兆根发病的时候也追过村里的妇女，那时候只要母亲一声吼叫，他就会还过魂来。还过魂来的一刹那是多么令人扫兴，就好像有一块石头突然压在他的胸口，让他喘不过气来。现在再没有人可以镇住他了。他感到自己成了顶天立地的巨人。

道士们见多识广，没有中断他们的吹奏，急促的鼓乐声似乎掩盖了正在发生的事，仿佛兆根的行为是他们仪式的一部分。

兆根的背后出现几个壮汉。兆军带着几个小伙子赶到了，他们手中拿着绳子，围住了兆根。兆根原本谦卑的脸上出现了愤怒。他挣扎。

兆曼害怕了，她同兆娟说话。她说兆根的愤怒非常熟悉，兆根的表情就像母亲发怒的样子。她还说是不是母亲的灵魂附在兆根身上了，母亲是在借兆根的身体发威吗？兆根听到兆曼和兆娟的话，很不以为然，母亲这会儿不在他的身上，母亲已彻底地从他身上离去了。

兆根被兆军和那几个小伙子制服了。他们用绳子把他捆了个结实，然后把他绑在里屋的床上。兆根感到天空正在吸引着他，他的身体要和天空浑为一体。他拼命地挣扎，满头大汗，挣脱不了。他感到自己的身体快要撕裂了。他口中吐着白沫，脸上依旧是类似母亲发怒的表情。

十二

出殡的队伍照常出发。红宇看到棺材被人抬了起来。棺材抬起来时晃了几晃。他想起外婆生前是多么看重这口棺材。外婆活着的时候，棺材就放在她的房间里，外婆常常用鸡毛掸子去掸棺材上的灰尘。棺材上其实并无灰尘，棺材上的油漆像有色玻璃那样发出光洁的暗红色。最近两年，红宇每次来外婆的房间，看到这具棺材总会有点害怕，觉得棺材连接着另外一个世界。小的时候，红宇不怕这棺材。有一次红宇偷了妈妈的钱，买了一堆鞭炮，妈妈很生气，要打他，他就躲到了棺材里，他在里面躺了一天一夜才被找到。妈妈找不着他，以为他出事了。后来还是外婆发现的，外婆掸棺材灰尘的时候，听到里面有东西在动（前一晚她已听到有什么东西在敲击木头，敲了一整夜，还以为是自己年纪大了而产生的幻觉呢），她以为老鼠钻到棺材里去了。外婆叫来大舅，打开来一看，发现红宇已饿得两眼都黑了。

本来大舅要捧着外婆的遗像走在队伍最前面的，现在只得由小舅来顶替了。小舅心里不愿意，也只好干。在上山之前，出殡的队伍要绕着村子转一圈，为的是让死者记住回家的路。接着要走"天桥"。走"天桥"的意思是从此以后死者和亲人就天各一方了。走"天桥"是象征性的，走的不是真正的桥，是道士在地面上用石灰粉画的一座桥。过这桥的时候，红宇第一次意识到外婆确实不在了，他突然感到很难过，不由得流下泪来。这是外婆死后他第一次流泪。

过了这座桥，队伍就可以上山了。这天阳光异常猛烈，照得路面光芒万丈。道路边的房舍同样充满了华光，站在路边看热闹的人神情肃穆。强烈的光线给人恍惚感，好像天堂真的近在眼前。空气里有股寂静之气，除了灵柩边女人们的哭泣，天地间的声音此刻都藏匿不见。红宇走在队伍的最后，由于光线太强烈，他有点睁不开眼睛。为了看清前面的动静，他走到路边，往前张望。

这天红宇的心情既苍茫又恐惧。红宇知道大舅有病，但大舅的病在这当儿发作还是让红宇感到不踏实。一切像做梦似的，让红宇觉得自己的双脚不是踏在土地上，而是在半空中，在外婆要去的那个世界的路上。

小舅似乎一点也不在乎，赶集一样在人堆里钻来钻去。城里来的姑娘手里捧着花圈走在队伍的前面。姑娘们今天穿着裙子，裸露的小腿仿似一只只小白兔。

红宇想起了昨晚那个瑰丽的梦，感到脸红心跳。清晨醒来，他下身有冰凉的一摊，伸手一摸，知道自己遗精了。这不是第一回了，但依然如第一回那样慌张和恐惧。他搞不清为什么会流出这东西。他也没问过母亲，这是怎么回事。他认为这是不好的。他赶紧换了短裤。他从水缸里弄了点水，草草把弄脏的短裤洗了一把。他不敢晾在阳台上，把它晾在阁楼的窗口上。

天很蓝，远处有几朵白云。一切令人困惑，此刻他的不安像这天一样辽阔。

如果她们的小腿真是一群小白兔，红宇会去抚摸它们。不过小白兔跑得可快了，他恐怕追不上它们。他的脑子里出现自己在田野上追逐小白兔的情形。这个想象让他轻松了点儿。红宇觉得这会儿她们是天底下最明亮的东西。有一些若隐若现的香气从前面飘来，他贪婪地吸吮。这些香气给予他某种奇怪的镇静感。

道士们吹奏着悲伤的灵曲，与刚才的激越相比，这会儿曲调要缓慢很多。曲调非常简单，是这一带一首古老民歌的调子。在这缓慢的曲调中，那支有三米长的号子偶尔会吹出不谐和的尖叫。这些尖叫充满了幽灵的气息，好像灵魂有着震慑人心的性格。红宇听到这尖啸声，身体不由得轻微震颤起来。

队伍走得很缓慢，半天都没有动一下。这学期红宇学了一门常识课，里面有些内容是关于宇宙的。他知道宇宙无边无际，同广大无边的宇宙比，地球只是一颗小小的星球。他想，如果宇宙有人的话，他们看我们时，一定会发现我们没有动一下，一辈子都没有动一下。比如外婆，她一辈子活在这个村庄里，他们一定会把她当成一棵树或一块石头，因为她一辈子都没有动一下。如果他同样一直待在这个村庄，将来他也是这个结局，一辈子都没动一下，就像一棵树或一块石头。

十三

在途中的某一刻，道士们会停止吹奏。天地间突然变得异常安静。他们抬着的棺材发出吱吱嘎嘎的声音。这是木头相互摩擦发出的声音。小玉喜欢这声音里的缓慢和从容，仿佛看到生活本来的样子。

一路上小玉都在想昨晚的事。这一切是多么不应该。她甚至产生一种被伤害的感觉。这一家子太不像话了，他们把葬礼搞得这么排场，可他们一点也不尊重死者。小玉因此很难过。昨天当小玉踏入冯家大门，见到厅堂里的老太太，她吃了一惊，那老太太酷似她的外婆。小玉不禁有些恍惚。小玉是相信灵魂的，常在梦中见到外婆，她认为梦见外婆是因为外婆来看她了。每次梦到外婆，她都泣不成声。小玉是外婆养大的，外婆活着的时候她每年都去看望她。小玉家离外婆家很远，要坐六小时的火车。小玉的外婆是去年死的，家里人没有告诉她。去年小玉回老家时听到外婆死了，哭得差点昏过去。事后小玉记起来外婆死的那段日子，她白天夜里总是想到她。当她第一眼看到冯家老太太时，生出一种出席自己外婆葬礼的幻觉。她对所有不应该出现在葬礼上的事深恶痛绝。她为老太太不平，好好的葬礼弄得像个闹剧。她们的老板娘可真是个天才，竟然想着带她们来奔丧。

小玉的外婆比冯家老太太要慈祥些。那个叫红宇的少年告诉她，老太太是个急脾气，她看不惯的事就要骂，冯家大哥（看上去是个可怜的人）都五十多岁了还被老太太打骂。兆军常惹老太太生气，老太太却舍不得骂兆军，只找冯家大哥出气。世上的事情就是这么怪诞。虽然冯家大哥犯病时追打姑娘们，但只要想起他为老太太守了三天三夜的灵，小玉就原谅了冯家大哥。冯家大哥被绑在床上时，别的姑娘都笑了，小玉却哭了。她真的想哭个痛快。一路上她一直在流泪。小玉不知道那些哭泣时带着唱词的妇女们是不是真的在流泪，她的每一滴泪水都是货真价实的。

爬过一个山坡，就到了墓地。大家都热得汗流浃背。妇女们不哭了，她们有点哭不动了，在一旁大口大口地喘气。男人们开始做下葬的活儿。这会儿他们的脸上倒是有了敬畏的表情。也许是天气太热了，大家都没有说话，只是加快了活儿的速度，大家心照不宣盼着赶快结束。这个念头谁都不肯说出，怕神灵怪罪。

终于棺材推进了墓里。冯大爷指挥大家填土。随着棺材的湮灭，大家都松了口气，刚才还呈现在每个人脸上的死亡的阴影一下子消散了,他们都露出轻松的笑容。墓地顿时有了生机。小玉的心里涌出辛酸的幸福感。她想,人啊,是多么假心假意,又是多么脆弱。水泥匠正在封坟墓的口子。乡里的妇女们钻进了附近的林子里。小玉也跟姑娘们钻进树荫里。这里风景不错,难得到乡下来一趟,刘燕显得十分兴奋,开始和姐妹们逗乐,好像今天根本没有发生过死亡这档子事。她和兆军性情还真有点像。小玉想,刘燕现在的模样仿佛今天她要出嫁了似的。小玉意识到这个想法有点刻薄了,不应该。她脸上露出愧疚的神色。村里的孩子们在林子里玩起游戏。昨天给她背包的少年还在太阳下,不过他一直在往她们这边瞧。天太热了,姑娘们背部被汗水浸湿了,胸罩的吊带隐约可见。兆军在墓边干活。当他往这边瞧时,他的姐姐,她们的老板娘,狠狠地拍了一下他的屁股。

这会儿林子里没有风。小玉口很渴,可能和她流了太多的泪有关。刘燕发现林子边有一条溪沟,做出尖叫的样子(因为在葬礼上,她终于憋住没喊出声来)。刘燕的眼里有种难得一见的天真光芒。天实在太热了,姑娘们见到如此清凉的溪水,像见到心仪的恩客,敛声屏气朝溪沟移去。溪沟边满是荆棘,她们无法下去。

刘燕朝红宇招手。那孩子假装没看见。刘燕嘲笑他的次数太多了,他提防着她呢。刘燕带着亲昵的口气对少年说:"嗨,帮帮忙,到溪沟里给我们湿一下毛巾。"

她的声音有点刺耳,村里人把目光投向她和红宇。那孩子站在那里一动也没有动。

小玉很想去喝一口水。她小心地撩开那些藤蔓，她还是被藤蔓上的刺刺中了。很痛，这痛竟让她产生快感。她没嚷。她把滴血的手指放进嘴里吸吮了一下。小玉看到那孩子一直看着她。一会儿，他钻进林子，向她们走来。

他在离她们不到二十米的地方站住，没头没脑地说："上面有一个水潭。"

姑娘们看着红宇。刘燕说："我还以为你不理我们了呢。"说着又放肆地大笑起来。其他的姑娘也跟着轻浮地笑。"那你就带路吧，小孩。"

那孩子在前面走。山路有点崎岖。孩子惯于爬山，动作轻巧敏捷。小玉觉得男孩的轻松里有故作的成分。"你慢一点呀。"她们在背后喊。他回头看着她们。刘燕快步赶了上去。

"喂，你大舅是什么病呀，这么可怕。"刘燕说。

那孩子白了她一眼，没回答。

"你大舅没结婚吧？结了婚这病就会好的。"

那孩子又白了她一眼。

"你白我干什么？你难道不会好好看人？"

那孩子没理她，低着头，走得更快了。一会儿，他把她们落下了长长的一段路。阳光从树林子里钻进来，在她们的头上打转，无比耀眼。已经看不到墓地和村子里的人了，姑娘们变得放肆起来，笑声有一种什么都不放在眼里的劲儿。"喂，你拉我一把。"又是刘燕轻佻的声音。那孩子回转头，看见姑娘们正在一块石头边喘气。小玉觉得自己要爬上这块岩石有点困难。男孩一脸不情愿地走回来，站在岩石上。刘燕首先向他伸出了求援的手。男孩犹豫了一下，拉了她一把。

男孩拉小玉时，刘燕又嚷起来："喂，小玉，他好像对你特别照顾啊，拉我使蛮力气，拉你时，小心得不得了。"

"小玉，你们很有缘啊，小不点好像对你一见钟情呢，你把他娶过来算了，做你的小老公。"她们显得很兴奋。

小玉红着脸说："你们不要欺侮他了，他才多大。"

她们越来越疯了。葬礼上她们太压抑了，需要放松一下。那孩子把她们一个个拉上了岩石。她们上来后用手摸了摸孩子的头。孩子固执地把头扭开。有一个姑娘在孩子脸上亲了一口，那姑娘笑着对小玉说："小玉，我亲你的小老公，你没意见吧。"姑娘们在一边起哄。孩子一脸羞涩，不过眼睛放光。

爬过一个山坡，一个像天空一样清澈深邃的水潭出现在山呑里。水潭的上面还挂着一条细小的瀑布。刘燕"啊"地叫出声来，向水潭奔去。姑娘们跟着裙裾飘飘地奔向水潭子。小玉暂时忘记了悲伤，见到这么清的水，人人都会把烦恼忘掉的吧？姑娘们忘掉了那孩子，只顾自己在水中玩。那孩子站在远处的一棵树下，不知该走呢还是等着她们一道走。

她们在水中疯。她们相互泼水，泼出的水花在阳光下呈现彩虹一样的光彩。姑娘们裙子湿透了。刘燕竟然要脱裙子,她想起树下的红宇,喊道:"喂,我们要脱光衣服游泳了,你转过身去,不要偷看啊。"刘燕其实根本不在乎他,话音未落,就脱了个精光。除小玉外,别的姑娘都脱了衣裙。小玉想她们这群人真是有职业病了,就喜欢脱光衣服。那孩子被眼前雪白的身体吓着了,迅速转过身去。

"你瞧,他真的转过背去了。"

"他很乖噢。"

"小玉,他好像真的爱上你了。别看他凶巴巴的,他是个多情的人。"欢笑声越来越疯,在山谷回荡。

小玉觉得她们有点过分,对一个孩子这么轻佻。她们这是在欺负他了。那孩子的脸越来越黑了。他捡起了一块碗大的石块,向水潭子砸去。孩子说:"我谁也不爱。"

他转身向山坡下走去。

石块在离姑娘们不远处的水面上炸开。小玉知道这孩子不会真的砸她们。刘燕她们看着孩子远去的背影,越发疯狂地笑起来。

十四

兆军本来跟着送葬的队伍走在回家的路上,发现姑娘们消失不见了,突然想到那群小婊子可能去山岙的水潭里洗澡了。他便偷偷地从队伍里溜了出来。他爬山的时候想,她们洗澡时一定都脱光了衣服。这个想法让他热血沸腾。他来到水潭边一看,果然如此,这些婊子,她们真会寻找快乐啊。为了不惊动姑娘们,他躲藏在水潭子边的一块石头后面。石头边有一些柴火,可以遮挡住他。"她们做梦也不会想到我正在看她们洗澡啊。"他很得意。

她们是多么美啊。在阳光下,她们的皮肤白得耀眼,仿佛水潭子里浮着了几堆雪。水面上有一阵薄雾,薄雾在她们身上绕来绕去。兆军想象自己变成那些雾,亲着她们的身子。她们的胸脯犹如可爱的小生命,在四处奔突;她们的屁股就像洁白瓷碗,里面盛满了圣水。他感到自己正在蒸发,变成了水。他愿意自己是雨水,从天而降,落在她们身上。女人啊,她们也许天生就应该这样裸露的,她们的肌肤比她们的衣服更美。假如她们赤身裸体在村子里走来走去会是什么景象?村子一定会变成天堂。

兆军见过女人独个儿洗澡,没见过这么多女人一块儿洗澡。一、二、三、四,不用数,他知道六个。六个美女。大姐店里的姑娘都很美,他还在店里帮忙时,客人都说,这城里就数这里的姑娘美。他回乡后同村里人吹嘘过,村里人不相信。他娘的,这群乡下佬,他们只知道一句老话,熄了灯都一样。这回他们总算开了洋荤,瞧他们见到姑娘们的样子,眼睛都不会转弯了。村里人缠着他,要他成全他们。兆军喜欢村里人为这种事求他。"喊,小婊子们开始还不愿意,以为参加一次葬礼她们变成了圣女。我是死缠着她们,她们才勉强同意的。当然了,钱是她们心动的根本原因。我知道她们抵挡不了金钱的诱惑。现在这些乡巴佬终于知道熄了灯是不是一样了。他娘的，昨天晚上，我被他们烦得累死。"他愉快地骂道。

兆军最喜欢的还是刘燕。刘燕让他初尝生命之欢。兆军觉得她对他真是好，每次她都把他抱得紧紧的，生怕他变成一缕烟飘走。兆军那会儿还真想化成一缕烟，直奔天堂。有次兆军问她，搂别的男人是不是也这样紧。他给她看背上被她搂过的皮肤，都起了红痕。刘燕白他一眼，没理他。兆军知道男女之间的这档子乐事，找过很多姑娘，可她们都比不过刘燕。昨天晚上，兆军对刘燕说，他想结婚，要娶她。刘燕听了咯咯咯笑个不停，说，在你母亲的葬礼上谈你的婚事可不吉利。兆军说，婚事可以把晦气冲掉。她调侃道，你让我嫁到这个村子里？这可会把我闷死。他说，我可以跟你去城里。她说，你养得活我？他说，我做牛做马养你。她说，你呀，我早就看穿你了，就是个二溜子，这辈子你成不了大事。看着刘燕一副瞧不起人的嘴脸，他来气了，给了她一记耳光，说，你这个婊子，给脸不要脸。刘燕的反应完全在他的预料之中，刘燕就是野啊，回打他一记耳光，然后在他屁股上狠狠咬了一口。这一口咬得兆军十分幸福，他幸福得哭了。

兆军看见大姐又返了回来。她是来水潭找姑娘们还是去母亲的墓地？她的方向应该是去墓地。她想独自凭吊母亲吗？兆军一点也不喜欢墓地，墓地里的一切显得冷漠、坚固、不可置疑，人要是在墓地就是这样的大热天都会感到寒冷。

姑娘们在水中嬉闹。如果没人告诉你，谁会知道她们是一群婊子呢，她们看上去像一群天使啊。

十五

兆曼独自坐在母亲的墓前，感到非常疲劳。以往回到村子里，不管有多累，她总是精神抖擞，浑身充满了战斗精神。这是给母亲看的。她和母亲之间是一场持久战。母亲死了，过往的争斗失去了意义。她变得分外虚弱。

她知道母亲一辈子没有原谅她，可以说恨她，到死都恨她。她没想到母亲死前竟然告诉兆根不让她来送葬。她为什么这么狠心啊，母亲应该知道她每次回村都是为了看她呀。她确实做得不够好，虽然她是来看望母亲的，可一回村，她就来了劲，变成了一只好斗的公鸡，仿佛她回村的目的是为了和母亲吵架。

母亲对她的恨同父亲的死亡有关。母亲认为是兆曼把父亲杀死了。那是二十多年前的事了，一直敢作敢为的兆曼没有得到母亲的允许就跟着一个跑单帮的男人私奔了。那时母亲刚生下兆军，身子骨还没有恢复，不然照她的个性就是走遍天涯海角也会把兆曼找回来的。母亲自己走不动，就打发父亲去找。令母亲意想不到的是，父亲这一去再没有回来，他在一条公路上被一辆大卡车撞死了。母亲因此恨透了兆曼，发誓一辈子不见女儿。兆曼是一年后才知道父亲死亡的消息，她哭着回家，母亲坚决不让她进家门。她跪在家门口，请求母亲原谅，跪了一天一夜，母亲都没理她。后来村子里的人就把她拉走了。

想起这些往事，兆曼感到很悲伤。她很想找个人好好倾诉一番，可同谁说呢？这么多年来她习惯于独自承担一切。如果她向人们诉说心里的伤痛，人们大概会用奇怪的眼光看她吧。他们一向认为她是个大大咧咧的人。

兆曼看见红宇正从山上下来。红宇红着脸叫了她一声。

"她们呢？"

"在水潭里洗澡。"

"这群小婊子，倒是会寻快活。"

远处送葬的人马正走向村庄。从高处望去，这队人就像蚂蚁一般细小，半天才移出小小的一截。村庄在阳光下闪耀，田野一片碧绿，飞鸟用一成不变的姿势在天空飞翔，好像它们已飞了一万年。

"大姨，你为什么把她们带来？"

兆曼看了一眼红宇，低下了头，说："我也不知道。"她显得很茫然，不见往日的泼辣劲儿，脸上有一些感伤的东西在生长。

兆曼长长地叹了一口气，说："我一直想她认我这个女儿的，可你外婆是多么固执，她不是个讲道理的人。"

红宇不时往山上张望。

"你小舅来我店里干活后,你外婆更恨我了。你小舅是她的命根子。她认为是我把你小舅带坏了。你小舅说,她死之前还在骂我丧命星。"

兆曼一脸愤恨,泪水突然夺眶而出。

"我本来是想照顾他,才把他接到城里。他这个白痴在店里能干什么啊,只会胡来。她却认为我不安好心。"兆曼的脸上布满了泪痕,"她死前都不肯见我一面。"

"她连我的孩子都不肯见。那是她的外孙啊!说出来都笑话,孩子这么大了连外婆都没见过。你说,她怎么那么狠心?"

兆曼带着泪痕的眼睛闪闪发亮,在阳光下透出彻骨寒意。

"孩子们长这么大都没见过自个外婆。"她冷笑了一声,"他们当然对她没有感情。我这次叫他们一起来奔丧的,他们都不愿意。"她悲哀地看了一下母亲的墓碑。

墓地边上有一棵长长的蒿草,它突然摇动了几下。兆曼还以为起了风,但空气中没有一丝动静。她的心怦怦狂跳起来。

"你为什么到死都不原谅我?"她对着母亲的坟墓说,就好像母亲这会儿正站在她面前,"我做错了什么呀?"她忍不住再次哭出声来,哭声幽暗压抑,仿佛从江河深处浮上来似的。哭了一会儿,兆曼突然止住了哭,恶狠狠地说:"我恨她。"兆曼的脸上呈现出可怕的表情。

兆曼脸上的泪痕慢慢干了,心情也平静多了。兆曼的情绪来得快去得也快。她身上有股风风火火的劲头。很多人说她个性爽直。

"刚才没把你吓坏吧?"兆曼对红宇说,"都过去了,说这个还有什么用,你说是不是?"

红宇不置可否地笑了笑。

"你好几年没去城里了吧?什么时候到大姨家里来玩?"

早些年红宇放假时会去爸爸那儿住一阵子。爸爸去了贵州山沟沟里的这几年他没再去过。

"嗨,怎么说呢,城里有好的地方也有坏的地方,不过我喜欢住城里,热闹,不像这个地方,一点声音都没有,没了声音,耳朵反而吵得厉害,整天嗡嗡响。我要是待在这地方,一定会闷死,会发疯的。"

兆曼恢复了往日快人快语的习惯。她独自说了一阵子,突然想起什么,向山上望了望,说:"她们怎么还不下来?"

红宇摇了摇头。

"这群小婊子,我不等她们了,那边等着我呢。你把她们带来吧。"兆曼站了起来,用力拍了拍手上和屁股上的灰尘,往山下走。她走了几步,转回头,笑嘻嘻对红宇说:"不许去偷看她们洗澡啊,你会变坏的。"

红宇的脸一下子涨得通红。

十六

大姨在外婆的墓前说这样的话让红宇吃惊。他不知道外婆是不是听见了,如果外婆听见了,她一定会生气的。红宇熟悉外婆生气的模样，她威严的眼神里会露出不屑的寒光。

大姨远去的背影变得越来越小。红宇在外婆的坟头上坐了下来。外婆卧床不起的那些日子经常对红宇说，外婆去了后你要经常到外婆的坟头来坐一坐，不然外婆会冷清的。他想趁这当儿，多坐一会儿，算是陪陪外婆。外婆知道他正陪着她吗？他的耳朵一直竖着，在四周搜寻，希望外婆给他一个答案。他相信外婆如果有灵魂就会在周围发出一些声音。他一丁点声音也没有捕捉到，往日林子里此起彼伏的鸟叫声这会儿不见了踪影。他的听觉沿山坡而上，穿越树林，他听到了嬉水声。他意识到自己还在关心着那群洗澡的姑娘，即便刚才在听大姨诉说，心思还是不时窜到水潭里。

当那群姑娘脱掉衣服跳进水潭里时，红宇都呆掉了，只觉得眼前一片白光。红宇连忙转过身去，感到山坡似乎正在震动。他以为地震了，有点心慌，怀疑是神灵对这一幕感到不满。外婆这会儿在去天堂的路上吧，她老人家在天上看到了这一幕吗？外婆会不会因此生气？后来他意识到是自己的身体在震动，心在身体里跳得震天动地。

她们（尤其是那个大嘴巴女人）总是嘲笑他。不知怎么的，他既有点愿意被她们嘲笑，又不愿意她们逗趣时伤害他的"自尊"，他不由得对她们表现出气愤来。他向她们投去石块时，他再一次看见她们呈现在阳光下冰块一样刺眼的白色。

他很想再次上水潭去看看。那幽幽的嬉水声一直在他的耳边，听起来是如此近又如此悠远，好像来自某个神秘的深处，又透着红宇想象中的纯真的气息。红宇没有去。他怕外婆会因此生气，怕去了后会惊动外婆的灵魂。可外婆现在在哪里呢？她已到了天堂吗？他抬头望天。天非常蓝，一丝云影也没有。他不明白为什么天会呈现一尘不染的蓝，从地上飘到天上去的烟、尘埃到哪里去了呢？难道任何东西到了天上就会变得干净明亮吗？天空的蓝色光晕虽不是很强烈，如果长久注视心里就会发慌，会觉得自己好像已没有一点重量，会像一根羽毛那样被吸到天上去。红宇收回目光，心依旧在怦怦地跳。他打定主意不去窥探姑娘们了。他觉得自己这是在为外婆做出牺牲，他不想外婆在天之灵不高兴。想起自己在为外婆做出牺牲，有点自我感动，心头暖洋洋的。

他坐在外婆的墓前，等待那群姑娘下来。他担心没他带路，她们会迷失方向。这会儿他觉得他刚才对她们表现出来的愤怒有点可笑，觉得即使她们疯笑都像是在歌唱。

林子里出现叽叽喳喳声。一会儿，坟墓左边那条小路上出现了一群姑娘。红宇想，她们终于洗完澡了。他不知道怎样描述她们，想了好半天才想出一个词，"袅娜"，老师刚教过他们，不过他已忘了这两个字怎么写了。她们的头发湿漉漉的，打着绺，蓬在脑袋上，颜色各异，在阳光下看去像一群洋娃娃的头发。姑娘们身上的裙子有点凌乱，有的甚至连扣子都没扣好。红宇看见姑娘们的大腿和手臂上还挂着水珠。水珠使姑娘们显得更加俏皮。红宇多么愿意自己是其中的一颗水珠。

她们一路笑着,正在议论一件令她们兴奋的事情。这时她们看见了红宇。那大嘴巴笑着对他喊:"喂,小孩,你在等我们吗?"

红宇已把视线转到了别的地方,好像没看到她们一样。红宇的眼睛一动不动地直视着南方,让人以为遥远的地平线尽头正有一些奇迹发生。

姑娘们嘻嘻笑了一通,说:"喂,去水潭里看看吧,潭里有一条大鱼呢。"

又一个姑娘夸张地说:"是你小舅变的啊。"

她们的笑声在这个阳光灿烂的日子里带着一股香气,仿佛笑声里隐藏着薄荷或柠檬的气味。笑声里还透着光芒,好像她们此刻已变成亮晶晶的晶体。或许这是墓地,或许是因为天地太辽阔,她们的笑声听起来在欢快中竟有些寂寥。

红宇假装不理她们,不过他还是绕道去了水潭那里。他老远听到咚咚咚的声音。一会儿小舅的声音传了过来:"谁?谁在那里?"

"是我。"红宇闷声闷气地说。他猜到小舅刚才干了什么。他有些讨厌小舅了,好像小舅是一堆垃圾,把水潭里的清水都污染了。

"红宇啊,你来得正好。那群小婊子,把我的衣裤都拿走了。你帮帮忙,回家帮我把衣裤拿来。"

红宇觉得小舅真的是个流氓。不知怎么的,他既有点小瞧小舅,也有点嫉妒小舅。他羡慕小舅快活的个性。红宇当然不会帮小舅的忙。"我才不会给他拿衣裤呢。"红宇瓮声瓮气地对自己说,"让他在水潭子里快活吧。"

回家的路上,红宇不时抬头望天。天空一如既往地蔚蓝,犹如一张巨大的网罩住了人世的所有。红宇不知道外婆会不会生小舅的气。

十七

兆根被捆绑在床上。他们陆陆续续回来了。他们到家后第一件事就是来看他。兆娟过来问候,他没理她。其他亲朋好友来看他时,他很生气,向他们吐唾沫。最后兆曼来了,她没问候他,她站在他床边劈头盖脸地骂了他一通。兆曼骂他,他没意见。在这个家,也只有母亲和兆曼敢骂他。她骂他发神经,丢人现眼,让全村人笑话。兆根觉得她骂得有道理。他呜呜呜呜地哭起来。见他哭,她生气地说,哭,哭顶个屁用。她说得对,哭没个屁用。他就不哭了。那些姑娘没有回来。兆根关心她们。只要兆根愿意,他就能看见她们。空气中她们的气味还在,顺着这些气味,他看见了弯弯曲曲的村道,看见了山路,看见了母亲的坟墓,看见了小溪,看见了水潭。啊,他还看见了天使,她们展开洁白的翅膀,在水潭的上空飞来飞去。水潭之上瑞云缥缈,那些云犹如天使们的丝带。他还看到兆军变成了一只蛤蟆,在水潭边跳来跳去。兆根的脸上露出幸福的微笑。

他看到那些祥云向村子里飘来，天使们也跟着飘过来了。她们在这屋子上空飞来飞去，发出银铃般的笑声，她们说话也像在歌唱。那只兆军变的蛤蟆在路上蹦蹦跳跳着。

兆曼迎了出去。兆曼对着天空，骂出恶毒的话语。那些天使都不吭声了。兆曼打开了那辆停在院子里的中巴车车门。兆根看到天使们飞进了那辆汽车，就像一群鸟儿飞进了笼子里。他听到马达声，然后汽车飞了起来，飞到了村子的上空。他多么希望天使们一直在这里飞啊，他多么不愿意她们飞走啊。他很着急。他猛然清醒过来。

他脑子一片空白，记不清自己做过什么，为什么会被绑在床上。他觉得一切犹如昙花一梦。见他清醒过来，他们都围上来。兆根知道他们过会儿会告诉他他的种种丑行。一直是这样，每次他清醒过来，他们便会喋喋不休，带着夸张的表情向他讲述他不堪的事迹，讲着讲着就像是在讲一个笑话，越来越不严肃，有人甚至会笑得直不起腰来。他不明白，为什么他们总把他当成取笑对象。他敢发誓，那个疯狂的人不是他。

每次都是这样，兆根能迅速恢复正常，然后又成了个温和的微笑着的男人。兆曼回到房间，看上去有些疲惫，她刚刚干完一件了不起的大事，终于圆满（也许并不能用圆满这个词）指挥完母亲的葬礼，疲惫是正常的。她发现兆根温和地注视着她，就笑着对他说，怎么样，我带来的姑娘漂亮吧。她这是在打趣他了。看来她心情还是不错的。

晚上兄弟姐妹四人坐在灯下拉家常。如果母亲活着,这是不可能的。也许母亲心里也想这个样子,她喜欢子女都围着她打转,但子女们有着自己的想法。兆根感受到一种久违的温暖。他喜欢兄弟姐妹坐在一起,没有芥蒂,亲密无间。想起这样温暖的相聚是由于母亲死亡才得以实现,他感到辛酸。

兆曼的话最多。每次都是她话最多。她说话的口气已经像一个家长了。她嘲笑每一个人。这一点她很像母亲。她更多地在取笑兆根。她嘲笑够了,突然说:"哥,你是不是应该结婚了?"又说,"你愿意的话,我给你说媒。"

兆根吃惊地看着兆曼,他搞不清兆曼是不是当真的。说起女人,他真是又爱又怕。他都五十多了,至今没真正抱过一个女人,最多算是摸过女人的手。女人的手滑滑的,像一条鱼。这是他对女人的最大感触。夜深人静,他也会想女人,他想象不出女人的身体,女人的身体要么变成一团纷乱的色彩,要么变成水里游来游去的鱼。白天,他见到女人是有点害怕的。

兆曼说:"妈走了,你也该找一个女人了,难道你一辈子做王老五。"

兆曼的意思是他至今光棍都是母亲害的。其实事情要复杂得多,也有他的原因。他的眼光这会儿显得畏畏缩缩的。

"你是不是怕女人呀?"兆曼从来是快人快语,想什么说什么,"女人有什么好怕的。这样吧,哪天你到我店里来,你也该享受享受生活了。到时你就会明白女人不是老虎,一点也不可怕。"说完,兆曼大笑起来。一会儿兆曼又说:"你要是看中哪位小姐,你就把她娶回来。"

兆娟的脸上没有表情,她不适应兆曼这么粗俗的话。兆军坐在那里,眼睛发亮,但他这几天太累了,显得有点憔悴。

兆根一直在观察他的弟妹们。他想,他们不知道他的目光是多么锐利。也许这正是他发疯的原因。只要他愿意,他就能看到别人的思想。绝不是吹牛,比如这会儿,他看到兆娟虽然坐在厅堂里,她的心却不在这儿,兆娟的心处在迷乱之中。兆娟这十几年是多么不容易。没有人帮她,她的男人是个不负责任的家伙。兆娟一直很空虚。她的心里其实一直有狂野的梦想,有新鲜血液在她的血管里涌动。有时候兆根甚至想,兆娟的生活还没有他来得快活。想起兆娟隐忍的痛苦,兆根就不再忍心"看"她的思想了。她愿意干什么就去吧。

兆曼还在喋喋不休,兆娟却坐立不安。

十八

葬礼结束的那天下午,大姨打发姑娘们先回城里去了。大姨留了下来,打算再住几天。姑娘们离去后,红宇感到空气里有了一种空荡荡的伤感气息,好像一场欢宴刚刚散去。

空气里还有一些香味，不久这香味也慢慢地消散了。红宇体验到从未有过的惆怅。

葬礼结束的那天晚上，妈妈很晚才回家。她回家时很憔悴，看上去浑身乏力。妈妈回家后坐在镜子前，脸上挂着泪痕。红宇不知道妈妈是怎么了。

爸爸在外婆下葬后的第三天回到了村里。爸爸难得回来。见到他，红宇感到很陌生。爸爸对红宇很客气，脸上的表情十分温和，他总是对红宇笑，有时摸一下红宇的头。红宇喜欢爸爸摸自己的头。爸爸待了两天就走了，因为他没事可做，感到很无聊。也许他根本用不着回来。

有一阵子，红宇老是想起小玉，想起那些姑娘们。他现在一点也不讨厌那个老是开他玩笑的大嘴巴姑娘，回忆起来反而有些温馨。在睡觉之前，他的脑海里会浮现那些在水潭子里洗澡的姑娘，直到睡眠不可抑制地降临，赤身裸体的姑娘像花朵那样在黑暗的风中消散。

红宇变得比以前沉默寡言了。他常常独自一人跑到外婆的坟头去，坐着想一些令人费解的事。他发现这个山谷，远处的村子，这些坟墓，还有头上广大的天空，总是非常安静，也非常枯燥。他不清楚外婆去的天堂是什么模样，是不是同这个村庄一样有着单调的阳光，同这个村庄一样是安静而枯燥的？他希望外婆去的地方是热闹的，充满乐趣的。这样想一会儿事，他就去山岙的水潭子里洗个澡。他闭上眼睛，屏住呼吸，让身体平躺在水面上。阳光照耀的水面非常暖和，暖和得让他想流泪。

红宇比以前更用功地读书。这让妈妈非常满意。一天妈妈当着红宇的面对大舅说："我们家红宇懂事了，他现在可用功了，说他要好好读书，将来到城里去。"听了这话，红宇的脸一下子涨得通红，羞涩地低着头，像一个姑娘。外婆过世后，大舅胖了不少，脸上有了些祥和的气色。大舅还是那副笑眯眯的样子，他抚摸着红宇的头，连声说："好，好。"

2002 年 5 月—8 月

日伪时期的擂台赛

1937年深秋，冯村还没有下雪。太阳很好，村子里的人坐在自家向阳的屋檐下晒太阳。这是乡村休息的季节，暂无农事可做，大家穿着破棉袄，坐在太阳下，神色安然。牲畜们也很悠然，主人把它们拴在院子的角落里，让它们在太阳下嚼枯草。农人和牲畜都在秋天里长膘了。

冯晋坤的家在小山脚下，所处位置比别人家的房舍要高出许多，整个村庄尽在冯晋坤老人眼底。村子里的房屋高低不平，几乎每户人家都有一个后院，种植一些花草和果树，葡萄藤早已枯黄，那些在夏天时枝繁叶茂、遮蔽着房子的柿子树叶子凋零，有些枝丫上零星挂着几只红色的柿子，显得格外醒目。

你一定猜到这样观察村庄的人不会是普通人，一定是有些来历的。没错，这位叫冯晋坤的人是一个秀才。清朝取消科举制度是1905年，到了1937年秀才已变得十分稀奇了。

不过村里人对秀才没有什么兴趣，只在红白喜事时想起这个人，让他写些对联，除此之外村里人没感到他有什么过人之处。

冯晋坤不算富，祖上给他留下一些田产，日子过得比村里人要悠闲得多。他没有后代，老婆是有的，没给他生下一儿半女。秀才从小读孔孟，"不孝有三，无后为大"这句话对他影响深远（不光是秀才，全中国人精神都受这句话影响），内心或多或少有缺憾，做人底气不是很足。

冯晋坤做人低调，1937年村里人几乎都忘了他秀才的身份。

这年村里人知道日本人想请冯晋坤去城里做官，非常困惑，有人点出要害，村里人才恍然大悟。他们不由得感叹起来，本来他们以为冯晋坤就像那种随便盛饭的碗，这碗在日本人那儿倒成了文物。日本人对中国的老东西知道得比中国人还多。

冯小泉是冯村村长，日本人通过他请冯晋坤出山。冯小泉觉得日本人笨得很，竟会请一个没当过爹的人去做官。他心里不服气，认为日本人应该请他去当官才对。

没想到冯晋坤当场拒绝。冯晋坤是个秀才，秀才别的不行，气节二字他们最懂。他的人生楷模是岳飞、文天祥，如果答应日本人，他一生的名节就完了。他大义凛然地（如他想象中的先贤的样子）对冯小泉说，我怎么能当倭寇的官呢，倭寇不义，侵占我锦绣河山，我怎么可以做汉奸、做帮凶呢，我应该拿起青龙大刀，把倭寇赶出国门才对，可惜我老了。

村里人从来没见过冯晋坤这么慷慨激昂地说话，他平时说话同老百姓没两样，突然满口官话，让大家很不适应。冯小泉很吃惊，他无法想象平时不起眼的冯晋坤能说出这等大话。冯小泉大笑起来，说，你不干算了，日本人也不一定让你干。

冯小泉错了，日本人是认真的。冯小泉没完成任务，日本人很生气，扇了他几个耳光，骂他是个笨蛋。冯小泉被日本人打了耳光，既恨日本人，也恨冯晋坤。他觉得这个老东西不知好歹，害他挨了耳光。他认为日本人有毛病，冯晋坤也有毛病。特别是冯晋坤，把自己当民族英雄了，真是给脸不要脸。

深秋的阳光温和暖人。一小孩拿着一块石头，把石头砸向冯晋坤。老人虽有些年纪，动作还很灵敏，避过了石头，他跑过去把孩子抓了起来。冯晋坤把孩子抱在怀里，一脸慈祥看着孩子。他自己没小孩，特别喜欢小孩。

小孩很慌张，口气却很硬。小孩说，你如果欺侮我爹，我不会放过你。冯晋坤问，你爹是谁啊？小孩说，我爹叫冯小泉。冯晋坤问，冯小泉是谁？小孩说，我爹是村长。冯晋坤问，你为什么用石头砸我？小孩说，为了你我爹被日本人欺侮了。冯晋坤笑起来。冯晋坤知道这是谁的儿子。他一眼就认出这是谁的种，像极了他爹冯小泉，连眼神都像，坚定、固执，有点愚蠢。冯晋坤只是逗逗这孩子。

孩子问，他们说你是状元？冯晋坤说，不是，我只是个秀才。孩子说，你会唱戏吗？戏里的状元都会唱戏。冯晋坤说，正人君子不唱戏，只弹琴。小孩说，我爹会唱戏，戏班子来村里，我爹都要上台和他们唱一曲。我爹喜欢唱戏，我也喜欢。冯晋坤说，你爹没读过书，是个野人。小孩不以为然，指了指自己的脑袋说，我爹说你这里不好，读书把你的脑子读坏了。

冯晋坤摸了摸孩子的头，没生气。他才不会为孩子的童言无忌生气呢。他明白孩子的说法并非空穴来风，村里人都是这么看他的。

这几天冯晋坤心情很好，他收到侄儿来信，侄儿说他不久就会回来看他。

侄儿名叫冯森宝，在上海一家工厂里做机修工。冯晋坤已有一年多没见到他了，好在侄儿总是源源不断地给他写信。冯晋坤喜欢收到侄儿喋喋不休的来信。

"你不能想象我有多开心。我在机械面前有一种飞翔的感觉。每天早晨，这些机器都是我发动的，它们就这样不停地转，它们转动起来的样子有多美妙，就像天主堂里弹奏的风琴。风琴你没见过吧？那是一种会唱歌的机器，就像你经常吹的箫，不过比箫复杂得多。我不知道怎样描述我的心情，昨天我在报纸上读到一个叫徐志摩的人写的文章（听说这个诗人已经死了），我的心情就是这个样子。我抄两句吧：

啊飞！不是那在树枝上矮矮的跳着的麻雀儿的飞；也不是那软尾巴软嗓子做窠在堂檐上的燕子的飞；要飞就得满天飞！我猜你读到这些句子肯定皱眉头，现在诗人写的文章就像说话一样，再也不是你的李白和杜甫的节奏了……"

侄儿冯森宝的来信总是这样激动，简直有点语无伦次了。现实中的冯森宝是个沉默寡言的人，像他死去的父亲。他父亲一天可以不说一句话。不说话的人不按牌理出牌，你以为他很安全，他却偏偏做出了惊世骇俗的事情。有一回，冯森宝无意中看到一张旧报纸，他得知北京在烧日货。这消息让他兴奋。日本货比日本人进来得早，日货早已满大街都是。冯森宝不清楚烧日货已是几年前的事了，他拿着汽油来到街头，把那家卖日货的小洋铺一把烧了。这事闹得满城风雨，冯森宝差点给抓起来送牢里，还是冯晋坤出面才幸免于难。冯晋坤认为侄儿的脑子有点异于常人。侄儿不喜欢读书，他这么安静竟不喜欢读书。安静的外表是很能迷惑人的，你认为他不会瞎折腾，事实上他比谁都喜欢折腾。

冯晋坤最初也被侄儿冯森宝蒙骗了。冯晋坤秀才发现他家里经常损坏东西。冯晋坤作为秀才有一些雅好，收藏书画是其中之一。他收藏着张岱的画，画上有几条活灵活现的鱼。有一天，冯晋坤从这幅画上嗅到了鱼腥味，搞不懂是为什么。有一天，冯晋坤回家发现画放在地上，画上还放着一只老鼠夹，有一只老鼠在老鼠夹里挣扎。冯晋坤这才明白侄儿的用意，他竟拿他的古画做捕老鼠的诱饵。他得警惕侄的小脑袋了，那里面在想什么永远是个谜。

自侄儿冯森宝去上海做工，冯晋坤已有一年多没见到他了。冯晋坤不知道侄儿现在变得怎样了，准备着侄儿让他大吃一惊。当侄儿真的出现在他面前时，他的变化还是让冯晋坤目瞪口呆。

"你是我的侄儿冯森宝吗？"

"是的。"侄儿的眼睛含着笑意，快活地说，"我就是阿宝。"

冯森宝看上去成了个假洋鬼子。侄儿穿着奇怪的服饰，颜色是黑的，十分宽大。头梳成了分头，且梳得十分整齐。头上抹了油，抹得太多，头发亮晶晶的，像是被雨淋过似的。侄儿生着一张娃娃脸，头发整成这样让他看上去像一个小开。更刺激眼睛的要数侄儿胸前挂着的项链，是一个十字架，十字架上有一个小人在伸懒腰。

冯晋坤指指他的项链，问："这是什么东西？"

侄儿神秘一笑说："这东西是别人送给我的。"

其实冯晋坤秀知道侄儿身上的东西。早先洪秀全造反的时候他的人马就带着这东西。他知道这东西的性质。冯晋坤觉得应该弄清楚这东西的来历。

冯晋坤带着侄儿冯森宝往自己家里走。后面跟满了看热闹的孩子们，另有一些正在晒太阳的男人和女人也站在屋檐下看他们，眼神里充满了惊奇。冯森宝一路上都兴高采烈地同熟人打招呼，有一种大人物气派。冯晋坤看着侄儿那张孩子气的脸，觉得他的这种派头有点滑稽。

冯晋坤知道村里人的脾气，要让他们从温暖的太阳下站起来不容易，非得是非同寻常的奇事才行。侄儿这身打扮实在有点刺眼。冯晋坤知道他们对待不寻常事情的态度，他们一定在背后嘲笑，瞧，来了一个黑道士。他得劝劝侄儿，回到老家就得有乡里人的样子，否则他恐怕走到哪里他们的笑到跟到哪里。

冯晋坤不相信侄儿是特意来看他的，他知道侄儿的脾气。侄儿的信中也没有讲起他这次乡下之行的目的。

冯晋坤问："你到乡下来厂里没有意见啊？"

他轻描淡写地说："我不打算回上海啦。"

"什么？你不回上海啦？你不是挺喜欢机器嘛？"

"我不回上海啦，我这次来乡下是来办正事的，我要在村里造一个公园，我要让村里人也有礼拜天。"

冯森宝的眼睛明亮，对冯晋坤秀才说："我到上海才知道这世上有礼拜天这回事，他们工作六天，有一天休息，休息日叫礼拜天。这一天，他们去教堂或公园。"

到了家里，冯晋坤叫侄儿洗一把脸，侄儿太兴奋，没说完话他不想洗尘。他脸孔有点儿潮红，语速很快。

冯森宝说："我每个礼拜天都去教堂，然后去公园。公园有长长的凳子，一些男女手挽着手在公园里走来走去，'孩子们的脸上洒满了阳光'——我记不得这是谁写的诗句了。我喜欢看到这种场景，就像我喜欢机器、喜欢闻到洋油味道一样。我坐在公园里，想起我的老家，老家不知道礼拜天，老家到处都是猪粪和狗屎，人们要么干活要么打盹，他们不知道更好、更文明的生活。对，文明，我喜欢这个词，我是从报纸上看来的，现在上海流行这个词，他们总是把新东西冠以文明两个字，比如文明戏，比如文明男士。我坐在公园里想，老家也应有这样的文明的生活。所以我要在乡下造一个公园。"

要完全听懂侄儿的话，冯晋坤有点吃力。侄儿要在乡下造一个公园，他是听清楚了。他对侄儿的想法不以为然，太天真了。侄儿总是有一些天真的想法，不过侄儿的想法来得快去得也快，他想，过几天侄儿也许对此事不感兴趣了。

不过冯晋坤也有好奇心，造公园得花银子，侄儿哪里来的钱呢。他问："造公园可要花不少钱啊。"

冯森宝露出天真的笑容，俯下身去，打开他的包。冯晋坤吃惊地发现侄儿的包里盛满了钱。

冯晋坤说："你哪来那么多钱？你做工赚不了那么多吧？"

侄儿露出诡秘的神情，他没回答冯晋坤的疑问，说："这些钱就是用来造公园的。"

冯森宝不想告诉冯晋坤钱的来历。他是无意中得到这笔钱的。一天，他去上海码头玩，有人慌慌张张塞给他一袋东西。他回家打开一看，是一袋钱。他每周去码头等，等了两个月没人来拿。周日的时候，他也去教堂玩，他在告解室同神父讲了这事。他问神父怎么处理这笔钱。神父说，可以用这笔钱做慈善。一会儿神父又说,也可以捐给教堂,教堂有孤儿院,钱可以用于孤儿的护养。冯森宝听懂了神父的意思,这笔钱不是他的,他不能占为己有,但可用于公益。他想了想,决定拿这些钱到乡下来造一个公园。

冯晋坤没想到冯森宝真的要造公园。他看中了村子靠江的一座小山(也就是冯晋坤家后面那小山)。冯晋坤虽然觉得造公园这事无论从哪方面说都不靠谱,但他承认冯森宝有眼光。小山是这村中唯一的山,孤零零地立在一片平地上。山虽小却是古木参天,山上还有不少岩石,形状各异,有的像一只蛤蟆,有的像一只手掌,更奇特的是在半山腰上有一块舞台大小的平台,也是天然的石头平台,称得上是鬼斧神工。这小山天然是一个公园。

虽然如此,冯晋坤还是认为侄儿的想法过于单纯。冯晋坤认为即使造好公园也不会有人去,在乡下谁逛公园,不是吃饱了撑嘛。整个乡村就是一个大公园嘛,乡下人每时每刻都在公园里,还用得着专门去人造一个?冯晋坤同侄儿讲了他的想法,冯森宝不以为然,他说,他有办法,要冯晋坤等着瞧。

要在小山上造公园,必须得村长冯小泉同意。侄儿要求冯晋坤陪他去冯小泉那里说这件事。造福乡里,冯小泉想必没办法不同意。

冯小泉听了冯森宝的要求不禁哑然失笑。冯小泉说:"公园我是知道的,我去过城里我会不知道?你也想在乡下造一个？乡下人不比城里人，乡下人整天滚在烂泥里，谁有闲心去那种地方。"

冯森宝说："这些事情我都想过的，我有办法让他们去公园。"

冯小泉答应了冯森宝的要求。冯小泉觉得答应冯森宝没有什么损失。冯森宝有言在先，造好公园后公园归村所有，他不会卖门票收钱，也就是说村里人是可以免费去公园玩的。冯森宝还请冯小泉替他找一个施工队造公园。冯小泉爽快答应了这个请求。冯小泉当村长有年，工程之类是有油水可捞的。冯小泉心里想，冯森宝他娘的是个傻瓜，竟在乡下造公园，花这种冤枉钱。不过管他呢，反正花的不是村里的钱。

不久，公园开张施工。公园是冯森宝亲自设计的。他见过上海的公园，还带了一些文明照给工匠参考。公园的四周用围墙围起来，里面参考了苏州园林，造了几个亭子，还摆放了不少石凳子，供游人休息，山道也进行了改造，用石块砌成了步梯。

那边公园正在施工，冯森宝开始忙别的事。他挨家挨户地在给村里人讲故事，当起了说书人。村里人没想到过去沉默寡言的冯森宝变得如此能说会道。

他对村里的人说："早先，没有天地，世上是黑的。神来了，他说要有光，于是就有了光。第二天，神说要有空气和水。第三天神说要有树木和果实。第四日神造了太阳和月亮。第五日神造了飞禽和走兽。到了第六日,神照着自己的形象造了男人和女人。天地万物都齐全了,到了第七日,神就收工,休息了。所以这世界上就有了礼拜天。一个星期是七天,我们六天工作,但一天休息,祭拜创造这个世界的人。"

大家觉得冯森宝的故事很好听,每次冯森宝开讲,周围总是聚满了人。没几天,冯森宝出了名,他在屋子里讲,整个屋子挤满了人,甚至连屋子外都有人伸着脖子听。屋外的人听不清,高喊,响一点,响一点。正是深秋时季,村民们没事可干,觉得有故事听很幸福。

为了使全体村民都能听到故事,有人建议冯森宝去庙里讲。冯村的庙很大,里面有很多菩萨,还有一个大戏台子。逢年过节,戏班子就在戏台上演戏。冯森宝也想更多人听他讲故事,就去庙里。

冯晋坤见多识广,知道侄儿在讲的是一种教义。他对侄儿说:"你去庙里讲神,当心菩萨生气,菩萨肯定不喜欢你讲的故事。"

冯森宝说:"根本就没有菩萨,也没有神仙皇帝,我不相信这些,我是个无神论者。"

冯晋坤说:"那你干吗讲这些故事。"

冯森宝说:"我只想人们过上礼拜天,过上文明的生活。"

冯晋坤问:"你哪里学来的这些故事?"

冯森宝说:"我是在教堂里听来的。我不相信神,但这些故事确实很好听。你看,村里人都听得着迷了。"

冯晋坤问:"钱是教会给的?"

冯森宝把头摇得像拨浪鼓,说不是。有一天,冯森宝和冯晋坤一起喝黄酒,冯森宝喝多了,说出了钱的来历。冯晋坤听了,神色严峻起来。冯晋坤说:"听说上海那地方很乱,这样不明不白的钱你怎么好花掉,说不定会惹来杀身之祸的。"冯森宝说:"谁晓得我在哪里,他们找不到我。"

冯森宝在庙里讲故事,村里的人都去听了,有一个人没有去听,就是村长冯小泉。冯小泉觉得冯森宝越来越离谱了,没同他打一声招呼就去庙里讲故事,根本不把他放在眼里,很生气。更让他生气的是现在村里人非常喜欢冯森宝,冯森宝的威信快要超过他了。前几天日本人想吃点羊肉,叫冯小泉宰几头羊送进城去。羊冯小泉搞到了,不过他找不到人把肉送去。冯小泉找村里人,他们都不肯去送,他们说冯森宝说书正说到精彩处,他们要听书。

冯小泉因此归罪于冯森宝。村里人本来很听他的话,冯森宝这个疯子来了后,他们都信冯森宝的,有人甚至也弄了个十字架挂在脖子上。冯小泉找到冯森宝,叫冯森宝不要再说书。冯森宝不解,问,为什么?冯小泉说,你讲这些东西是想做洪秀全造反吗?冯森宝白了冯小泉一眼,走了。这可把冯小泉气坏了,冯森宝太不把他这个村长当回事了。他想杀杀冯森宝的威风。他想起日本人有这么一条规定:没得到当局批准,不能聚众。冯小泉把这事告到日本人那里,希望日本人禁止冯森宝说他奶奶的书。

乡下的事务也不是日本人亲自管的，而是日本人的翻译官管着。这些翻译官都是中国人。冯小泉进城找翻译官。翻译官长得眉清目秀，像一个戏子，不过眼神倒是十分锐利，比日本人还要阴沉。冯小泉觉得日本人虽然威严，但很和气，比中国人要好打交道得多。冯小泉蛮怕这个翻译的，没事不愿和翻译官打交道，只是冯森宝太需要管教了，冯小泉硬着头皮来找翻译官。

冯小泉刚说了个开头，翻译就堵住了他的话。翻译说，这事我们早已知道了，皇军已派人调查过那人，认为这人没有危险，这人做的事对我们有利，大家都喜欢听他讲故事，就不会造日本人的反，他造公园也是好事，说明在日本人管治下，情势很好，连乡下都造公园了，中国人的生活大大地改善了呀。你要好好配合那人，等公园开张，皇军会派人来剪彩，到时报馆的记者也会来的。

冯晋坤听说了冯小泉向日本人告侄儿的状，很替侄儿担心，侄儿这样胡闹会让日本人起疑心，以为共产党在发动农民闹革命。日本人可不是好惹的。

冯晋坤对侄儿说："阿宝啊，你既然不相信神，就不要去庙里讲故事，现在是什么世道，出头露面不安全。听说冯小泉把你告到日本人那儿了，你要当心啊。"

冯森宝说："我又没有反对日本人，日本人能怎样，你不用替我担心的。"

整个农闲季节冯森宝在庙里讲故事。讲到春天，听他故事的人变少了，村里的人都下地干活去了。晚上听他故事的人也不多。他们白天干活太累了，晚上听不动故事了。当然有几个死忠的村民一直跟着冯森宝，他们脖子上戴上了十字架，有人还想拥戴冯森宝为教主。他们已经相信神了，相信只要信神他们死后就可以进天国。

公园终于造好了。冯森宝很开心也很激动，决定在礼拜天开张，希望从此以后乡亲们有过礼拜天的习惯。他见人便说，本月十三，是礼拜天，公园要开张了，到时你一定要来。

可是没有人明确答应他。有人说那天他要育种；有人说那天他要把肥撒到田里；还有人则说那天某某家女儿出嫁他要去喝喜酒。他在村里转了一圈，一统计发现答应礼拜天来公园的不到十人——也就是那几个信徒。冯森宝没想到他讲了一个冬天的故事只有这点收获，很不甘心。他想用神的名义让他们去公园。他见人就问，难道你们不相信神吗？神叫你们礼拜天不要干活，你们还去干活，你们不怕死后进不了天国吗？也不能说乡下人不信神，他们什么都信，信菩萨，还信别的妖魔鬼怪，神他们当然也是愿意信的，不过要他们放弃农活去玩，就不愿意了，即使是神的旨意，他们也不愿意。他们对冯森宝的质问支支吾吾的，态度很明确，他们没时间过什么礼拜天。村里人的态度让冯森宝很失望，没想到会是这样一个结果。

村长冯小泉帮了冯森宝的忙。日本人真的要在公园开张时前来剪彩。开张前一天，上面派给冯小泉两个大兵，让冯小泉负责剪彩礼的安全。日本人指示场面务必要隆重热烈，人越多越好。根据日本人的指示，冯小泉敲开了村里的每户人家，要他们开张日准时到公园里欢迎日本人的到来。村里人看到冯小泉背后带着两个大兵，都点头答应。

冯森宝见有人帮他，很开心。他才不在乎日本人剪不剪彩，他们要剪就让他们剪，只要有人来过礼拜天，就算没白造这个公园。他乐观地觉得有这么个形式也好，有了个开头，后面的事就好办了。他积极配合。

开张那天，果然人山人海，不但村里的人都到了，城里面也来了不少人。城里来的人对乡村公园的兴趣很大，认为公园造得颇像样子，虽说公园里面的亭子、椅子还有小路曲径过分简陋，但公园面积大，古树多，古树树冠婆娑，雍容大度，在别的公园难得见到。日本人剪完彩，在公园里转了转，也是大加称赞，对古树更是喜爱。冯森宝倒是担心起来，怕日本人把古树移送到日本去。

另外值得一提的还有一件事：随日本官员来公园的还有两位相扑高手，他们是专门从日本过来慰问日本军队的。因为公园开张，日本官员就把他们也带了过来。你一定记得前面说起过的一块岩石平台，日本人参观到这儿都停了下来，赞叹这块奇石巧夺天工，还说这块平台很像相扑用的台子。这样一说，日本人有了灵感，两个相扑手就在这个平台上摆擂台。

两个相扑手人高马大，肥得像怀仔的猪，村里人不敢同他们比。有几个胆大的到台上去试了试，马上被日本相扑手摔下台来，虽没摔伤，也擦破了几块皮肉。没人再敢上去了。两个日本人见没人上来，感到很威风。不久他们就感到无聊，没有对手，有点技痒难熬，他们只好两个人在台上比试起来。村里人在一旁喝彩。

总之，第一个礼拜天，公园的气氛是热烈的，开张是成功的，村里人也没觉得白跑公园一趟。

几天以后，报纸上果然有了乡村公园的消息。其中有一家报纸是这样报道的：

东亚共荣乡村也有公园　都市文明渐入农家百姓

〈本报讯〉上一个礼拜天，一家乡村公园正式开园，驻地皇军参加了开园剪彩，乡村百姓首次在他们村的公园里游玩。这家公园可能是全亚洲唯一一座乡村公园。

自皇军为东亚共荣来到中国后，深为华夏美景所折服。为发扬天皇浩荡恩泽，皇军竭力帮助当地人民开发利用秀美景观，支持建造了这座公园。据发起建造这座公园的冯森宝先生说，他此举的目的一方面是为了歌颂天皇的荣耀，另一方面则是为了让乡村百姓知道什么是文明的生活。此一主旨和皇军来中国的目标一致。

……

报道的正中有一幅照片,是冯森宝和日本人的合影。乡下没有报纸,冯森宝没有看到这篇报道。

冯森宝本来并没有指望乡村公园天天人流如织,因为两个日本人在里面摆擂台,公园开张后竟比预想的要热闹得多。冯森宝很开心,冯晋坤却忧心忡忡,觉得冯森宝被日本人利用了,冯森宝干了件失节的事,是为人不齿的。冯晋坤觉得有责任教训一下侄儿。

冯晋坤说:"你不要和日本人搅在一块,日本人长不了,迟早会被赶回老家去,你如果同他们混,他们走了你就会被当成汉奸,上断头台。"

冯森宝说:"是他们要和我混,我没想同他们混。"

冯晋坤说:"都是你干的好事,现在两个日本人还在公园里灭我中华威风呢。"

冯森宝说:"你说得对,不能让日本人太出风头。伯父,你应该去请个高人来打擂台,教训教训日本人。"

冯晋坤说:"我到哪里去请。"

冯森宝说:"我想想办法。"

这天晚上,出了一桩意想不到的事情。冯森宝回家时发现门上贴着一张红色的字纸。是一则警告。警告这样写道:

国难当头,有良知的国民应为国家民族利益奔走呼号，而你竟同日本人沆瀣一气，为日本人粉刷太平，我们奉劝你不要在错误的道路上越走越远。

游击队宣

冯森宝听说过游击队。据说他们个个武功了得。他正在设法找一个能打败日本人的高手，很愿意见见贴这张警告的人。游击队对他的警告虽然没什么道理，但如果他真有功夫打败日本人，他不会同他计较。

晚上，两个相扑手住在本村。相扑手是日本国宝，当然要好好保护，因此相扑手住的村公所有四个士兵彻夜守卫着。这天晚上有两个士兵的头被人割了。村里人第二天一早发现村头的一棵白杨树下挂着两个人头，人头上的血一滴一滴往下掉。

士兵掉了人头，日本人很生气。那个长得十分清秀的翻译官被日本人狠狠教训了一顿，要他迅速破案。幸好死的两个士兵并不是日本人而是汉奸（也有人说是朝鲜人），不然这个翻译也许就没命了。翻译官把冯小泉叫来，骂了他一通娘。两人商议后，认为冯森宝的干系很大，冯森宝有可能是地下党，造公园也许只是个幌子。翻译官嘱咐冯小泉把冯森宝抓起来。

日本军官想把两个相扑手召回城里，以免他们遭到不测。两个相扑手不同意回去。两个相扑手不想回去的原因是：一，他们喜欢上了这个山清水秀的世外桃源；二，既然他们摆了擂台，按规矩在时限内是不能收场的，不然有不战自败的嫌疑，这种事相扑手不愿干；三，另外两个相扑手同村里的孩子们交上了朋友。

相扑手在日本的地位很高，他们不想回去日本人也没办法。

孩子们从来没见过这么胖的人，看了都很新鲜。人如果一胖就显得比较和善，整天笑眯眯的像一个白痴。孩子们见他们这么和蔼可亲就在他们面前撒野，试图引诱他们。那两个相扑手憋不住要教孩子们相扑。孩子们觉得在相扑手的怀里很温暖。

冯小泉回到村里，派人把冯森宝捉了起来。冯小泉是亲自去捉的。冯小泉带着手下来到冯晋坤家，站在堂中就高喊，冯森宝，滚出来。慌慌张张出来的是冯晋坤。冯晋坤见冯小泉来者不善，就问，什么事啊？冯小泉说，上回我来你家，是来请你做官，这回我来你家，却是请他坐牢，快叫冯森宝那个疯子滚出来。冯晋坤听了吃惊不小，说，坐牢？为什么要他坐牢。冯小泉说，因为他杀了人，杀人偿命懂不懂，亏你还是个秀才。

冯森宝从里面出来，看上去一点也不慌张，眼神里对冯小泉很不以为然，他冷冷地问，什么事？冯森宝的态度深深刺激了冯小泉。冯小泉冷笑一声，说，我早就想收拾你了，以前有日本人给你撑腰，现在日本人把你交给了我来办，我想怎么弄你就可以怎么弄你。冯森宝说，你敢，我造公园可是给了你不少钱，我若是对日本人说，你就完了。

冯小泉把冯森宝送到住在城里的日本人那儿。这事村里人都知道了。村里人自然而然认为两个日本人是冯森宝杀的。想起从前冯森宝烧日货小杂店一事,他们认为冯森宝仇恨日本人,这几年冯森宝也许在上海加入了什么组织,这次回乡是来教训日本人的,造公园只是个幌子。这次造公园可花了不少钱,单凭他个人想来没那么多钱的。村里人这样一想,对冯森宝刮目相看了,觉得冯森宝简直是个民族英雄。

村里的人们开始传扬冯森宝刺杀日本人的光荣事迹。有人说起冯森宝杀日本人的细节周详生动,仿佛亲眼所见。冯晋坤听了很着急。他弄不清日本人是不是侄儿杀的,如果真是侄儿所杀,那他会小命不保。冯晋坤一时想不出把冯森宝从日本人手里搞出来的办法。他只得安慰自己,如果侄儿是某个组织里的人,也许组织会派人来救他。

果然来了两个人。这两个人不是来救冯森宝的,相反他们是受雇来杀冯森宝的。两个人戴着墨镜,穿着洋装,看上去来头不小。两个人来到村里,打听冯森宝下落。他们要杀冯森宝是因为冯森宝拿了他们雇主一袋钱,他们的雇主一直找不到冯森宝,几天前一家报纸刊登了关于乡村公园的报道,雇主认出照片里的人就是拿走钱的人,于是就雇了两人来村里找冯森宝来了。他们来到村里就问村里人冯森宝在哪里?村里人就对两个外地人讲冯森宝杀日本人的事,赞扬冯森宝是民族英雄,可惜被日本人抓走了。村里人说,你们一定是来救民族英雄的吧,你们一定要救他出来啊。两个外地人说，我们不是来救他的，我们是来杀他的。村里人以为两人在开玩笑，笑着说，你们不用怕，你们这样的游击队员晚上常来我们村里，我们不会把你们出卖给日本人。两个外地人见到人就问冯森宝在哪里，得到的回复几乎一样。他们找到村长冯小泉。两个外地人说，你是村长，你说的话最有分量，你说实话冯森宝在哪里。冯小泉说，被我抓起来了。两个外地人问，你为什么抓他。冯小泉说，因为他杀了两个日本人。两个外地人想，看来冯森宝真的是一位民族英雄。两个外地人不打算替雇主杀冯森宝了。杀任何人都可以，但不能杀民族英雄。

冯晋坤听说有两个外地人来救冯森宝，就把他们请到家里。冯晋坤说，你们一定要救他出来啊。两个外地人说，我们不是来救冯森宝的，我们是来杀冯森宝的，但现在冯森宝成了民族英雄，我们就不杀他了，不过我们也不打算救他。冯晋坤问，你们为什么要杀我侄儿？两个外地人说，因为他偷了我们老板的钱。冯晋坤想，原来如此，看来他们真的是来杀冯森宝的。他担忧地想，侄儿的小命看来保不住了。

两个外地人问，怎么才能救冯森宝？冯晋坤听了，心情顿时激动起来。冯晋坤说，我侄儿被倭寇抓走了，关在城里面，要救他你们要去城里。两个外地人点了点头，去村里转悠。一会儿他们到了乡村公园。他们见到日本相扑手摆着擂台，气坏了。擂台上的标语更是可恶，标语这么写：相扑大男人，武术小儿孙。两个外地人是职业杀手，从小练武，一直认为中华武术博大精深，不是区区日本相扑可以攀比的。两个外地人跳将出来。他们先揭了榜。揭榜说明有人要打擂台，日本相扑手已等了多日，没人来应，正感到无聊，有人挑战，一下子就兴奋起来。但见前来挑战的是两个戴墨镜穿洋装的矮个，心里鄙弃起来，这样的人怎么对付得了他们。日本相扑手不禁感叹：中国无高人也。

　　日本人看到挑战者不够威武，有点怜悯他们。两个日本人问，你们可知道打擂台的规矩。挑战者当然知道规矩，擂台之上生死全由自己负责。挑战者听出日本人口气中有小瞧他们的意思，昂首不愿回答。日本人又问他们有什么要求，在挑战之前可以提出来。两个挑战者突然想起了原本要杀掉现在成了民族英雄的冯森宝，他们正想不出办法救他出来呢，日本人要他们提要求，他们就试着提了是否可以放了冯森宝。两个日本相扑手高兴地答应了。日本相扑手说，我们和皇军说，我们把打擂台时间先定下来，礼拜天下午是否可以？

　　冯森宝正被日本人关着，不知道有人要杀他，也不知道杀他的人现在又要救他了。冯森宝一直想不通冯小泉为何把他抓起来送给日本人。等到日本人审问他，他才知道原来他们认为是他杀了那两个日本兵。是那个翻译官审问他的。冯森宝听到翻译官说他杀了日本人，笑了起来。他说，无凭无据怎么乱抓人，我没有杀那两个人。翻译官说，你还笑，一看你笑起来的模样，就知道你是地下党。冯森宝说，看来你是个笨蛋，对笨蛋我没什么好说的。翻译官见冯森宝如此小看他，生气了，走过去给冯森宝一记耳光。冯森宝哪肯吃亏，还了翻译官一记耳光。门外涌进一队人，把冯森宝捆个结实。翻译官命手下人打冯森宝。他们用鞭子、枪托、脚对付冯森宝，把冯森宝打昏过去。

冯森宝醒过来后，胆子没以前那么大了。他想，狗娘养的，他们竟打得那么凶狠，一点都不文明。他得老实一些了，免得吃眼前亏。翻译官再次审问他，冯森宝把游击队的那张警告从口袋里拿出来。冯森宝说，不是我杀的，我也不是地下党，是他们弄的，你看看这张警告就知道了。翻译官认为这张纸说明不了任何问题，不过他觉得应该拿给日本人看一看。

两个相扑手要求日本人放了冯森宝。最初日本人没同意，他们看了翻译官拿来的纸条，当即断定杀人者确实不是冯森宝。日本人觉得乐得做个顺水人情，命翻译把冯森宝放了。翻译官不乐意，问，为什么放了他？日本人瞪他一眼，让翻译官退去。翻译官在日本人那里受气，回到审讯室火气很大，他先踢了冯森宝一脚，然后命人把冯森宝解开。翻译官说，走吧，他奶奶的，算你狠，算你来头大。冯森宝不敢相信，说，我可以回去了吗？我没事了吗？我说过我没杀人，你还不信。

冯森宝回到村里，村里空无一人。原来乡村公园里正在举行擂台赛，大家都去看热闹了。冯森宝来到公园，但见人山人海，人们伸着脖子围在石子台下面，观看上面打斗，口中发出"呵呵，啊呵"的声音，可见台上打斗得很激烈。

村里人看得过分投入，没有人发现冯森宝的到来。冯森宝混在人群中看石台上你来我往的打斗。他原本没有爱国热情，被日本人抓了一回，还被痛打了一顿，就恨上日本人，希望中国武士把日本人打个屁滚尿流。他看了会儿，觉得中国武士不是日本人的对手。果然几个回合下来，中国武士被打落擂台。一个输了，另一个中国武士冲了上去。这个比刚才那个厉害一点。这人冲上去就往日本相扑手胯下钻，日本相扑手身体过于肥胖，抓不住中国武士，中国武士总是像泥鳅一样从他手中滑溜掉。中国武士老是躲在日本人背后，不肯同日本人正面接触，日本人只好转圈子，转得头很晕，连方向也分不清，日本人的火气就上来了，用力比平常大了一倍，见什么东西就抱住，往下扔。他抱住台边的木桩子就拔起来，扔到台下的人群中，他抱住站在台边的一个高个，那高个的头差点被他扭了下来，后来他终于抱住了中国武士，不出所料中国武士又被摔到了擂台下。日本人也不知道扔下去的是什么，在台上转圈，发现台上没了东西，知道自己赢了，于是昂首挺胸，做得意状。

　　日本相扑手如此傲慢的态度，刺激了冯森宝。日本人在台上横着走路，胯下的两坨东西不停地晃动，很刺眼。冯森宝观摩了第二场打斗，深受启发，觉得打败日本人也不是没有可能。为了压制日本人的嚣张气焰，他顾不得那么多了，竟跳将出来，准备和日本相扑手比武。

　　冯森宝一跳出来，台下一片轰动，接着欢声雷动。他们不知道什么时候民族英雄已经归来。他们想，冯森宝杀过两个日本人，想必他对付日本人有办法，不然他怎么会跳到比武台上呢。

听到大家欢呼，冯森宝更是觉得打败日本人不在话下。他在比武台上比画了一下，对相扑手扮了个鬼脸。相扑手一脸严肃。他不知道冯森宝的来历，警觉地摆着防卫的姿势。冯森宝一件一件脱衣服，他脱一件，台下欢呼一阵。最后他脱得只剩下一条短裤。他这么做不是觉得这样性感，而是认为光着身子日本人难以抓住他。只要不被日本人抓住，他就有获胜的机会。

比赛正式开始。冯森宝往日本人胯下钻。日本人已总结出经验，冯森宝钻的时候，日本人用腿夹住了他。冯森宝的身子几乎要被日本人夹断。冯森宝急了，他可从来没有练过武术，经不住这样夹，觉得自己会被夹死。他急中生智，一把抓住日本人胯下的两坨东西，用尽吃奶的力气捏。台下的人只听得日本人杀猪似的大叫起来，一看原来日本人的命根子被冯森宝抓住了，都开心地笑出声来。日本人痛得趴在地上。也不知哪来的力气，冯森宝一脚把那日本人踢下擂台。台下群情振奋。

冯森宝没想到自己居然赢了，虽然不够光明正大，但赢了就好。他正得意地学日本人在台上昂首阔步，另一位日本相扑手怒气冲冲爬上了擂台。这个相扑手跑过很多码头，从来没有见过冯森宝这样不讲武德的流氓行为。只见他一把抱住冯森宝，把冯森宝举到空中，用力往擂台下扔，冯森宝在天空中划过一道抛物线，重重地落在山坡上。冯森宝只觉得眼前直冒着金星，昏了过去。

两个摆擂台的日本人，没想到事情会变得像个闹剧。他们觉得中国人一点都不文明，是野蛮民族。对待野蛮人不用讲究规矩，于是摆擂台的时限还没到他们就收了场，回城里去了。日本人走后，公园安静下来。村里的人也安静了下来，开始忙他们的农事去了。

冯森宝这一摔摔得不轻，但也没什么大碍，躺了几天就好了。他打算去公园看看。公园里没几个人，只有一些孩子爬在亭子里撒野，成年人一个也没来。冯森宝看着这情形，对自己造公园的目的有点糊涂了。好一会儿，他才想起造这个公园为的是要让村里人懂得文明生活。没想到中间出了那么多事，把他的计划都搞乱了。

他打算从头开始，把文明的生活推广下去。

第二天一早，冯森宝雇了人力，打算把公园打扫一下。擂台赛时乡里人在公园里扔了不少垃圾。进入公园，冯森宝闻到了一股奇怪的气味。他顺着气味过去，看到亭子里面拉满了屎。他不知谁这么缺德，干出这种事。虽然难闻，他们还是把屎弄干净了。第二天，亭子里又被人拉了屎。这回不止一只亭子，几乎所有的亭子都拉满了屎。屎颜色各异，分明不是一人所为。冯森宝见到这个景象，被镇住了，不但被镇住了，还被臭气熏得直想呕吐。

公园里的大便是村里的孩子们拉的。你一定记得冯小泉的儿子，公园拉屎这事是他先想出来的。一天晚上，他从公园围墙上爬进去玩，一时大便急了，就蹲在亭子里拉起来。第二天，他就对孩子们说，在亭子里拉大便很爽，比蹲在茅坑里要爽快百倍。村里的孩子晚上就翻墙进入公园体验。集体拉屎果然很有乐趣，大家撅着屁股，即使肚子里没有东西，也使尽力气非得拉点出来不可。

一连几天都是这种情况，冯森宝很生气，不过一点办法也没有。他开始认识到来乡下造公园是个错误。这么想的时候，他耳边出现了机器声，鼻子闻到了洋油味。他不能再待在乡下了，应该回上海去，他已经有好久没有听到机器声，没有闻到洋油味了。

晚上冯森宝来到公园。他朝山上走去，看见许多白白的小屁股。孩子们见有人进来，很惊慌，想逃走。冯森宝喊，没事，没事，你们尽管拉，我也是来拉屎的。冯森宝找了一个亭子，脱下裤子拉起屎来。一会儿孩子们也回到亭子里拉屎，他们看着冯森宝，一边拉一边笑。冯森宝终于拉完了大便，感到拉得特别痛快，好久都没有这么畅快的感觉了。他系好裤子的刹那耳边充满了机器声，鼻子嗅到了洋油味。他又有了飞翔的感觉。他决定立刻动身去上海，甚至没同冯晋坤告别就匆匆上路了。

1998年11月5日

致 谢

本书与我童年经验息息相关，里面的故事发生在乡村。编这本书稿时，往事源源不断涌上心头，心中最感念的还是在我写作生涯中给过我帮助的刊物和编辑们，在此我要特别致谢。

《少年杨淇佩着刀》是我的处女作，是我文学生涯的起点。这篇写于1994年的小说在经过无数退稿后，最终在1996年的《花城》第六期上发表，责编是林宋瑜。当时我居于宁波一隅，与文学界几无往来，林宋瑜在大量的自由来稿中发现了它，我也因此走上了写作道路。某种意义上，这篇小说改变了我命运的方向。谢谢林宋瑜以及《花城》杂志。

1998年对我个人的写作是重要的一年，我的《乡村电影》在《人民文学》第三期发表，这是我早期的成名之作，我开始受到文坛的关注。这篇小说的责编是杨泥老师。李敬泽先生对这篇小说有过评述："《乡村电影》刻画了一位乡村的甘地，以尊严的承受探索暴力的限度。暴力之所以有限度，之所以在尊严的承受面前退却，是因为施暴者眼中仍有能够流出的泪水。"我写这篇小说时并没有想得那么多，敬泽先生的评述照亮了这部小说。收录在本书的另一篇小说《走四方》也是由杨泥老师责编，刊发于2005年《人民文学》第一期。

《穿过长长的走廊》最初是用第一人称写成的，发表时我改成了第三人称。那时候我年轻而腼腆，怕第一人称叙述引起读者不必要的误解。现在我年过半百，早已能够坦然面对，因此把文本恢复成了原来的第一人称。这篇小说刊发于1999年《东海》杂志第五期，由当时任《东海》编辑的王彪先生约的稿子，此作还得了该杂志当年度的一个小说奖。如今《东海》杂志作为文学刊物已不复存在，它追随市场改成了一本叫《品位》的时尚杂志，现在又改成了一家艺术评论类杂志，关注文学、美术以及书法。王彪先生去了《收获》后，我发表在《收获》的作品基本上都由他编辑发表，包括收录在本书的小说《水上的声音》和《小姐们》，分别刊发于2002年《收获》第二期和2003年《收获》第二期。

《蛇精》刊发于2002年《青年文学》第三期。那是论坛时代，我应黄立宇之邀在他创办的"新小说论坛"挂了个所谓的"斑竹"，当时论坛活跃着张楚、斯继东、盛可以等众多年轻的写作者，那时他们中很多人还没有正式发表过作品，如今这一群体已成为中国文学的中坚力量。我写完这篇小说后最先张贴在论坛里。

《日伪时期的擂台赛》发表于1999年《花城》第四期，原标题为《乡村公园》，责编也是林宋瑜。我把这篇小说放到了本书最后。需要说明的是这篇小说和我童年经验没有直接关系，不过1949年前我老家的一位乡绅确实出资建造过一座乡村公园。我老家在曹娥江边，江边有一座小山，山上古树参天，奇石遍布，当年公园就建在那儿。可惜的是如今那座美丽的小山因为建房等原因，不复当年的风采。在中国的现代化进程中，对美好自然的破坏性改造触目惊心。

最后感谢对这些作品进行过评论和阐释的批评家们。感谢浙江文艺出版社KEY-可以文化出版了本书。

2023 年 2 月 14 日

一本书打开一个世界

欢迎订购、合作
订购电话：0571-85153371
服务热线：0571-85152727

KEY-可以文化　　浙江文艺出版社　　京东自营店

关注KEY-可以文化、浙江文艺出版社公众号，及浙江文艺出版社京东自营店，随时获取最新图书资讯，享受最优购书福利以及意想不到的作家惊喜